D0763851

Purchased from
Multnomah County Library
Title Wave Used Bookstore
216 NE Knott St, Portland, OR
503-988-5021

LA TRENZA

Laetitia Colombani

LA TRENZA

Traducción del francés de
José Antonio Soriano

narrativa
salamandra

Título original: *La tresse*

Ilustración de la cubierta: Hauptmann & Kompanie Werbeagentur, Zürich

Copyright © Éditions Grasset & Fasquelle, 2017
Copyright de la edición en castellano © Ediciones Salamandra, 2018

Publicaciones y Ediciones Salamandra, S.A.
Almogàvers, 56, 7º 2ª - 08018 Barcelona - Tel. 93 215 11 99
www.salamandra.info

Reservados todos los derechos. Queda rigurosamente prohibida, sin la autorización escrita de los titulares del «Copyright», bajo las sanciones establecidas en las leyes, la reproducción parcial o total de esta obra por cualquier medio o procedimiento, incluidos la reprografía y el tratamiento informático, así como la distribución de ejemplares mediante alquiler o préstamo públicos.

ISBN: 978-84-9838-880-0
Depósito legal: B-17.111-2018

1ª edición, agosto de 2018
Printed in Spain

Impresión: Romanyà-Valls, Pl. Verdaguer, 1
Capellades, Barcelona

Para Olivia

Para las mujeres valientes

Trenza f. Conjunto de tres mechones o tres cabos que se cruzan alternativamente, entretejiéndolos.

... Simone, hay un gran misterio en el bosque de tu pelo.

RÉMY DE GOURMONT

Una mujer libre es justo lo contrario de una mujer fácil.

SIMONE DE BEAUVOIR

Prólogo

Aquí comienza la historia.
Una historia que es siempre nueva
y cobra vida entre mis dedos.

Lo primero es el bastidor;
la base, que debe ser lo bastante fuerte para
    sujetarlo todo.
Seda o algodón, para la vida o los escenarios;
    depende.
El algodón es más resistente.
La seda, más fina y discreta.
Hacen falta martillo y clavos.
Y sobre todo trabajar con delicadeza.

Luego, ya se puede tejer.
Es la parte que prefiero.
En el telar, ante mí,
tres hilos de nailon, tensos.
Se cogen de tres en tres las hebras del haz,
se entrelazan sin romperlas
y se vuelve a empezar, una vez y otra vez más.

Me gustan esas horas solitarias en que mis diez
    dedos danzan.
Qué extraño ballet, el de mis manos,
mientras escriben la historia de una trenza y unos
    lazos.
Esta historia que es la mía.

Y, sin embargo, no me pertenece.

Smita

Smita se despierta con una sensación extraña, una urgencia tierna, una mariposa en el estómago desconocida para ella. Hoy es un día que recordará toda su vida. Hoy su hija empieza la escuela.

Smita nunca ha pisado una. Allí, en Badlapur, la gente como ella no va a la escuela. Smita es una *dalit*, una intocable. Una «hija de Dios», en palabras de Gandhi. Alguien al margen de las castas, al margen del sistema, al margen de todo. Un grupo aparte, considerado demasiado impuro para relacionarse con los demás, escoria inmunda a la que hay que apartar, como se aparta el grano de la paja. Se cuentan por millones quienes, como Smita, viven fuera de las poblaciones y de la sociedad, en la periferia de la humanidad.

Todas las mañanas el mismo ritual, como un disco rayado que repite hasta el infinito una música infernal: Smita se despierta en la choza que le sirve de hogar, junto a los campos cultivados por los *jats*. Se lava la cara

15

y los pies con el agua que sacó la tarde anterior del pozo que les está reservado. El otro, el de las castas superiores, no se plantea ni tocarlo, aunque esté cerca y sea más accesible. Algunos han muerto por menos que eso. Se viste, peina a Lalita y le da un beso a Nagarajan. Luego, coge el cesto de juncos trenzados, el mismo que usaba su madre antes que ella y que le revuelve el estómago sólo con verlo, un cesto con un olor persistente, acre e imborrable, que Smita lleva todo el día como quien carga una cruz o un lastre vergonzoso. Ese cesto es su calvario. Una maldición. Un castigo. Tiene que expiar algo, pagar por algo que debió de hacer en una vida anterior. Después de todo, como decía su madre, esta vida no tiene más importancia que las anteriores, ni que las siguientes, sólo es una vida más. Es así, es la suya.

Es su *dharma*, su deber, su lugar en el mundo. Un oficio que se transmite de madre a hija desde hace generaciones: *scavenger*, una palabra que en inglés designa a aquellos que hurgan en los desechos. Un nombre aséptico para una realidad que no lo es en absoluto. No hay palabras para describir lo que hace Smita. Se pasa el día recogiendo la mierda de los demás con las manos desnudas. Cuando su madre la hizo acompañarla por primera vez, ella tenía seis años, los mismos que Lalita ahora. Fíjate y luego lo haces tú. Smita recuerda el olor, que la asaltó con la misma violencia que un enjambre de avispas, un olor insoportable, inhumano. Vomitó al borde del camino. Ya te acostumbrarás, le dijo su madre. Mentira. Una no se acostumbra. Smita aprendió a aguantar la respiración, a vivir en apnea. Hay que respirar, le dijo el médico del pueblo, mire cómo tose. Hay que comer. Smita perdió el apetito hace mucho tiempo. Ya no se acuerda de lo que es tener hambre. Come poco, lo estrictamente necesario, el puñado diario de arroz hervido que le impone a su cuerpo reacio.

Y eso que el gobierno prometió inodoros para la región. Pero por desgracia allí no han llegado. Como en tantos otros sitios, en Badlapur se defeca al aire libre. El suelo está sembrado de excrementos; los arroyos, los ríos y los campos, contaminados por toneladas de heces. Las enfermedades se propagan por ellos como una chispa en un reguero de pólvora. Los políticos lo saben: antes que reformas, antes que igualdad social, antes incluso que trabajo, lo que pide el pueblo son retretes. El derecho a defecar con dignidad. En los pueblos, las mujeres se ven obligadas a esperar la caída de la noche para ir al campo, arriesgándose a agresiones de todo tipo. Los más afortunados se han hecho un sitio en el patio o dentro de casa, un simple agujero en el suelo al que llaman púdicamente «retrete seco», las letrinas que las mujeres *dalit* van a vaciar a diario con las manos desnudas. Mujeres como Smita.

Su ronda empieza hacia las siete de la mañana. Smita coge el cesto y la escobilla de juncos. No puede perder el tiempo, sabe que tiene que vaciar veinte casas todos los días. Camina por el arcén de la carretera con la mirada baja y la cara oculta tras un pañuelo. En algunos pueblos, los *dalit* tienen que identificarse llevando una pluma de cuervo. En otros están obligados a caminar descalzos: todos conocen la historia del intocable al que lapidaron por el simple hecho de calzarse unas sandalias. Smita entra en las casas por la puerta de atrás, que le está reservada; no debe encontrarse con sus moradores y menos aún hablarles. Además de intocable, ha de ser invisible. Por todo salario le dan las sobras de la comida y, en ocasiones, ropa vieja que le arrojan al suelo. Nada de tocar, nada de mirar.

A veces no le dan absolutamente nada. Hay una familia *jat* de la que hace meses que no recibe nada. Smita quiso dejar de ir. Una noche se lo dijo a Nagarajan: no volvería, que se limpiaran la mierda ellos mismos. Pero Nagarajan se asustó. No tienen tierra propia; si Smita dejaba de ir, los echarían. Los *jat* irían y les quemarían la choza. Smita sabe de lo que son capaces. «Te cortaremos las piernas», le dijeron a otro intocable. El hombre apareció en el campo de al lado, descuartizado y quemado con ácido.

Sí, Smita sabe de lo que son capaces los *jat*.

Así que al día siguiente volvió.

Pero esta mañana no es una más. Smita ha tomado una decisión, que se le impuso como una evidencia: su hija iría a la escuela. Le costó convencer a Nagarajan. ¿Para qué?, le preguntó él. Puede que aprenda a leer y escribir, pero aquí nadie le dará trabajo. Si naces para limpiar letrinas, seguirás haciéndolo hasta que te mueras. Es una herencia, un círculo del que nadie puede escapar. Un karma.

Smita no se rindió. Volvió a la carga al día siguiente, y al otro, y al otro. Se niega a llevarse a Lalita con ella a hacer la ronda. No le enseñará a vaciar letrinas, no verá a su hija vomitando en la cuneta, como su madre la vio a ella. No, se niega. Lalita tiene que ir a la escuela. Ante su firmeza, Nagarajan acaba cediendo. Conoce a su mujer: tiene una voluntad de hierro. La morena y menuda *dalit* con la que se casó hace diez años es más fuerte que él, y Nagarajan lo sabe. Así que acaba cediendo. Está bien. Irá a la escuela del pueblo y hablará con el brahmán.

Ante su victoria, Smita sonrió para sí misma. Cuánto le habría gustado que su madre luchara por ella, cruzar la puerta de la escuela, sentarse con los demás niños... Aprender a leer y a contar. Pero no pudo ser, su padre no era un hombre bueno, como Nagarajan, sino uno iracundo y violento. Golpeaba a su mujer, como hacen todos allí. «Una mujer —solía decirle— no es la igual de su marido: le pertenece.» Es su propiedad, su esclava. Tiene que someterse a su voluntad. Indudablemente su padre habría salvado a su vaca antes que a su mujer.

Pero ella tiene suerte. Nagarajan nunca le ha pegado ni insultado. Cuando nació Lalita, incluso aceptó quedársela. No muy lejos de allí matan a las recién nacidas. En los pueblos del Rajastán las entierran vivas en una caja, bajo la arena, nada más nacer. Las niñas tardan una noche en morir.

Allí no. Smita mira a Lalita, que está de cuclillas en el suelo de tierra batida, peinando a su única muñeca. Su hija es hermosa. Tiene los rasgos delicados y el pelo largo hasta la cintura. Smita se lo desenreda y se lo trenza todas las mañanas.

Mi hija sabrá leer y escribir, se dice, y la idea la llena de alegría.

Sí, ése es un día que recordará toda su vida.

Giulia

Palermo, Sicilia

¡Giulia!

Giulia abre los ojos con esfuerzo. La voz de su madre resuena en el piso de abajo.

¡Giulia!
Scendi!
Subito!

A Giulia le dan ganas de esconder la cabeza bajo la almohada. Apenas ha dormido: ha vuelto a pasarse la noche leyendo. Pero sabe que tiene que levantarse. Cuando su madre llama, hay que obedecer: es una madre siciliana.

¡Giulia!

Se incorpora en la cama a regañadientes. Se levanta, se viste a toda prisa y baja a la cocina, donde la *mamma* estaba empezando a impacientarse. Su hermana Adela ya está allí, concentrada en pintarse las uñas de los pies sobre la mesa de la cocina. Al oler el disolvente, Giulia hace una mueca. Su madre le sirve una taza de café.

Tu padre se ha ido.
Esta mañana abres tú.

Giulia coge las llaves del taller y se marcha precipitadamente.

¡No has comido nada!
¡Llévate algo!

Giulia hace oídos sordos, se sube a la bicicleta y se aleja a grandes pedaladas. El fresco de la mañana la espabila un poco. En las avenidas, el viento le azota el rostro y los ojos. Al acercarse al mercado, el olor de los cítricos y las aceitunas le irrita las fosas nasales. Giulia pasa ante el puesto del pescadero, que exhibe sardinas y anguilas recién pescadas. Acelera, sube a la acera y deja atrás la piazza Ballaro, donde los vendedores ambulantes reclaman ya la atención de los clientes.

Llega a un callejón que sale de la via Roma. Allí es donde su padre tiene el taller, en el antiguo cine cuyas paredes compró hace veinte años, los que tiene Giulia. El local anterior se le había quedado pequeño, había que ampliar. En la fachada aún puede distinguirse el lugar donde se colgaban los carteles de las películas. Qué lejos quedan los tiempos en que los *palermitani* hacían cola para ver las comedias de Alberto Sordi, Vittorio Gassman, Nino Manfredi, Ugo Tognazzi o Marcello Mastroianni. Hoy la mayoría de las salas han cerrado, como ese pequeño cine de barrio reconvertido en taller. Hubo que transformar la sala de proyección en despacho y abrir ventanas en el patio de butacas para que las trabajadoras tuvieran suficiente luz. Todas las obras las hizo su propio *papà*. El taller se le parece, piensa Giulia: es caótico y cálido, como él. Pese a sus famosos prontos, Pietro Lanfredi es apreciado y respetado por sus empleadas. Es un padre cariñoso, aunque exigente y autoritario, que ha enseñado a sus hijas el respeto por la disciplina y les ha transmitido el gusto por el trabajo bien hecho.

Giulia saca la llave y abre la puerta. Habitualmente su padre es el primero en llegar. Le gusta recibir a las trabajadoras. «Ser el *padrone* es eso», suele decir. Siempre tiene una palabra para ésta, una atención para aquélla y un gesto para todas. Pero hoy ha ido a hacer la ronda por las peluquerías de Palermo y sus alrededores. No llegará hasta el mediodía. Esta mañana Giulia es el ama.

A esta hora todo está tranquilo. El taller no tardará en llenarse de conversaciones, canciones y gritos, pero ahora no hay más que silencio y el eco de sus propios pasos. Llega al vestuario de las trabajadoras y deja sus cosas en la taquilla que lleva su nombre. Coge su bata y, como cada día, se mete en esa segunda piel. Se recoge el pelo y lo enrolla en un moño apretado, que sujeta hábilmente con unas horquillas. Luego se cubre la ca-

23

beza con un pañuelo, una precaución que allí es ineludible: los cabellos de las trabajadoras no pueden mezclarse con los que se tratan en el taller. Vestida y tocada de esa guisa, ya no es la hija del dueño, sino una trabajadora más, una empleada de la casa Lanfredi. Y eso es lo que quiere. Siempre se ha negado a tener privilegios.

La puerta de la entrada se abre con un chirrido y un grupo alegre invade el lugar. En un instante, el taller cobra vida, se convierte en el sitio ruidoso que tanto le gusta a Giulia. En medio de un confuso guirigay de conversaciones entremezcladas, las trabajadoras se dirigen al vestuario, donde, sin dejar de charlar, se ponen la bata y el delantal, antes de incorporarse a su puesto. Giulia se une a ellas. Agnese parece cansada: a su hijo pequeño le están saliendo los dientes y ella no ha podido pegar ojo en toda la noche. Federica contiene las lágrimas: la ha dejado el novio. ¡¿Otra vez?!, exclama Alda. Mañana volverá, le asegura Paola. Allí las mujeres comparten algo más que un trabajo. Mientras sus manos se afanan sobre los cabellos que hay que tratar, hablan de los hombres, de la vida, del amor, durante toda la jornada. Todas saben que el marido de Gina bebe, que el hijo de Alda coquetea con la *Piovra*, que Alessia tuvo una breve relación con el ex marido de Rhina, que ésta nunca se lo ha perdonado.

A Giulia le gusta estar en compañía de esas mujeres, algunas de las cuales la conocen desde que era niña. Casi nació allí. Su madre suele contar que empezó a notar las contracciones mientras separaba mechones en la sala principal (donde ya no trabaja debido a su mala visión:

tuvo que cederle el puesto a una empleada con una vista más aguda). Giulia creció allí, entre cabellos que desenredar, mechones que lavar y pedidos que enviar. Recuerda las vacaciones y los miércoles que pasaba entre las empleadas, viéndolas trabajar. Le gustaba observar sus manos, afanadas como un ejército de hormigas. Las veía lanzar los cabellos a las cardas, esos grandes peines cuadrados, para separarlos, y después lavarlos en una bañera colocada sobre caballetes, un ingenioso invento de su padre, al que no le gustaba ver a sus trabajadoras destrozarse la espalda. A Giulia le hacía gracia que colgaran los mechones en las ventanas para que se secaran; eran como una exposición curiosa de cueros cabelludos, el botín de una tribu de pieles rojas.

A veces tiene la impresión de que allí dentro el tiempo se ha detenido. Fuera sigue su curso, pero entre esas cuatro paredes, Giulia se siente protegida. Es una sensación agradable, tranquilizadora, la certeza de una extraña permanencia de las cosas.

Hace ya casi un siglo que su familia vive de la *cascatura*, ese antiguo oficio siciliano que consiste en aprovechar el pelo que se corta o cae de forma espontánea para hacer pelucas y postizos. El taller Lanfredi, fundado en 1926 por el bisabuelo de Giulia, es el último de su género en Palermo. Emplea a una decena de obreras especializadas, que seleccionan, lavan y trabajan los mechones de pelo que luego se envían a Italia y al resto de Europa. El día que cumplió dieciséis años, Giulia decidió dejar el instituto y ponerse a trabajar en el taller de su padre. Alumna dotada, según sus profesores, en particular según el de italiano, que le insistía en que continuara formándose, habría podido entrar en la universidad y estudiar una carrera. Pero cambiar de camino era algo impensable para Giulia. Entre los Lanfredi, el cabello, más que un negocio, es una pasión que se transmite de una generación a otra. Curiosamente, sus hermanas nunca mostraron el mismo interés, así que ella es la única Lanfredi que se dedica al oficio. Francesca, que se casó joven y ya tiene cuatro hijos, no trabaja, y Adela, la pequeña, aún va al instituto, pero quiere dedicarse al mundo de la moda y la pasarela: cualquier cosa antes que seguir los pasos de sus padres.

Para los encargos especiales y los colores difíciles de conseguir, el *papà* tiene un secreto: una fórmula que heredó de su padre y éste del suyo, elaborada a partir de productos naturales, que Pietro Lanfredi nunca desvela. Esa fórmula se la ha transmitido a Giulia. A veces se lleva a su hija a la azotea, donde tiene su «laboratorio», como él lo llama. Desde allí arriba se puede ver el mar y, al otro lado, el monte Pellegrino. Enfundado en una bata blanca que le da el aspecto de profesor de química, Pietro Lanfredi pone a hervir agua en grandes cubos, donde efectúa los retoques: sabe cómo decolorar el cabello y volver a teñirlo sin que el color se pierda en el lavado. Giulia lo observa durante horas, atenta al más mínimo de sus movimientos. Su padre vigila el pelo como la *mamma* la pasta. Lo remueve con la ayuda de una cuchara de madera, lo deja reposar un rato y después vuelve a la carga, incansable. En el cuidado con que lo trata se mezclan la paciencia y la escrupulosidad, pero también el cariño. Suele decir que algún día alguien llevará esos cabellos y que por lo tanto merecen el mayor respeto. A veces Giulia trata de imaginarse a las mujeres para las que se elaboran las pelucas (porque allí los hombres, demasiado orgullosos y aferrados a cierta idea de virilidad, se muestran reticentes a llevar postizos).

Por razones que nadie sabe, algunos cabellos se resisten a la fórmula secreta de los Lanfredi. La mayoría salen de los cubos en los que se los ha sumergido con un color blanco lechoso, lo que permite teñirlos a continuación, pero un número reducido de ellos conserva su tono original. Esos pocos rebeldes constituyen un auténtico problema: es del todo inconcebible que un cliente encuentre esos recalcitrantes cabellos negros o castaños en medio de un mechón teñido con esmero. Gracias a su agudeza visual, Giulia es la encargada de esa tarea tan delicada: tiene que examinar los cabellos uno a uno para eliminar los incorregibles. Su trabajo diario es una auténtica caza de brujas, una batida exhaustiva y sin tregua.

La voz de Paola la saca de su ensimismamiento.

Pareces cansada, *mia cara*...
Has vuelto a pasarte la noche leyendo...

Giulia no lo niega. A Paola no se le puede ocultar nada. Esa señora mayor es la decana de las trabajadoras del taller. Allí todas la llaman la *nonna*. Conoce al padre de Giulia desde que era niño; suele decir que le ataba los zapatos. Con la perspectiva de sus setenta y cinco años, lo ve todo. Tiene las manos arrugadas y la tez apergaminada, pero sus ojos siguen siendo penetrantes. Viuda a los veinticinco años, se negó a casarse de nuevo y crió sola a sus cuatro hijos. Cuando le preguntan el porqué, contesta que le gusta demasiado su libertad: «Una mujer casada tiene que rendir cuentas —suele decir—. Tú haz lo que te apetezca, *mia cara*, pero sobre todo no te cases», le repite a Giulia. Le gusta hablar de su noviazgo con el hombre que su padre había elegido para ella. La familia de su futuro marido cultivaba limones. La *nonna* tuvo que trabajar recogiéndolos incluso el día de su boda. En el campo no se podía parar. Recuerda el olor a limón que despedían permanentemente la ropa y las manos de su marido. Cuando, años después, murió de una neumonía y la dejó sola con cuatro hijos, ella tuvo que irse a la ciudad a buscar trabajo. Allí conoció al abuelo de Giulia, que la contrató para el taller. Y ya hace cinco décadas que trabaja en él.

¡En los libros no encontrarás marido!, bromea Alda.

¡No la incordies con eso!, gruñe la *nonna*.

Pero Giulia no busca marido. No va a los bares ni a las salas de baile, a las que tan aficionada es la gente de su edad. Mi hija es un poco arisca, suele decir la *mamma*. Giulia prefiere el agradable silencio de la *biblioteca comunale* al bullicio de las discotecas. Va allí todos los días a la hora de comer. Es una lectora voraz, le encanta el ambiente de las grandes salas con las paredes cubiertas de libros, en las que sólo se oye el roce de las hojas. Le parece que eso tiene algo de religioso, un recogimiento casi místico que le gusta. Cuando lee no siente el paso del tiempo. De niña devoraba las novelas de Emilio

Salgari sentada a los pies de las trabajadoras. Más tarde descubrió la poesía. Le gusta más Caproni que Ungaretti, la prosa de Moravia y, sobre todo, la obra de Pavese, su autor de cabecera. Dice que podría pasarse la vida en su única compañía. A veces se olvida incluso de comer. No es raro que vuelva de la pausa para el almuerzo con el estómago vacío. Es así: Giulia devora los libros como otros los *cannoli*.

Este mediodía, cuando regresa al taller, en la sala principal hay un silencio inusual. Cuando entra, todas las miradas se vuelven hacia ella.

Cara mia, le dice la *nonna* con una voz que Giulia no reconoce, tu madre acaba de llamar...

Al *papà* le ha pasado algo.

Sarah

Montreal, Canadá

Suena el despertador y empieza la cuenta atrás. Sarah vive contra reloj desde que se levanta hasta que se acuesta. En el momento en que abre los ojos, su cerebro se enciende como el procesador de un ordenador.

Se levanta todos los días a las cinco de la mañana. No tiene más tiempo para dormir, cada segundo cuenta. Su jornada está cronometrada, milimetrada, como el papel que compra a la vuelta de las vacaciones para la clase de matemáticas de sus hijos. El tiempo de la despreocupación, el de antes del bufete, de la maternidad, de las responsabilidades, queda lejos. Entonces le bastaba una llamada para cambiar el curso del día: ¿Y si esta noche hiciéramos...? ¿Y si nos vamos de viaje...? ¿Y si fuéramos a...? Ahora todo está planificado, organizado, previsto. Ya no hay improvisación, se ha aprendido el papel, lo interpreta, lo repite cada día, cada semana, cada mes, todo el año. Madre de familia, alta directiva, mujer trabajadora, *it girl*, *wonder woman*:

etiquetas que las revistas femeninas les colocan a mujeres como ella, como si fueran bolsos que les cuelgan del hombro.

Sarah se levanta, se ducha y se viste. Sus movimientos son precisos, eficaces, orquestados como una sinfonía militar. Baja a la cocina y pone la mesa para el desayuno, siempre en el mismo orden: leche/cuencos/zumo de naranja/chocolate/tortitas para Hannah y Simon/ cereales para Ethan/café doble para ella. Luego va a despertar a los niños, primero a Hannah y después a los gemelos. Ron dejó preparada la ropa la noche anterior; sólo tienen que lavarse un poco y ponérsela mientras Hannah llena las fiambreras. Todo va rodado, tan rápido como el coche de Sarah por las calles de la ciudad para llevarlos al colegio: a Simon y Ethan, a primaria, y a Hannah al instituto.

Tras los besos, los «¿no te habrás olvidado nada?», los «abrígate bien», los «suerte en el examen de mates», los «dejad de pelearos ahí atrás», los «no, tú vas a gimnasia», seguidos del tradicional «el próximo fin de semana lo pasaréis en casa de vuestros padres», Sarah toma la dirección del bufete.

A las ocho y veinte en punto estaciona en el parking, ante la placa con su nombre: «SARAH COHEN, JOHNSON & LOCKWOOD.» Ese letrero, que lee orgullosa todas las mañanas, indica mucho más que el sitio donde estacionar su coche. Es un título, un grado, su lugar en el mundo. Un logro, el trabajo de toda una vida. Su éxito, su territorio.

En el vestíbulo, la saludan primero el portero y luego la recepcionista, siguiendo siempre el mismo ritual. Allí todos la aprecian. Sarah entra en el ascensor, pulsa el botón y, cuando llega a la octava planta, recorre los pasillos a paso vivo en dirección a su despacho. No hay demasiada gente, Sarah suele ser la primera en llegar y la última en marcharse. Así es como se hace carrera, así es como te conviertes en Sarah Cohen, socia en *equity* del célebre bufete Johnson & Lockwood, uno de los más prestigiosos de la ciudad. Aunque la mayoría de los colaboradores son mujeres, Sarah es la primera que ha ascendido a socia en un bufete que tiene fama de machista. Casi todas sus amigas de la facultad de Derecho han chocado con el techo de cristal. Algunas incluso han abandonado y cambiado de carrera, pese a los estudios largos y sacrificados que realizaron. Ella, no. Sarah Cohen, no. Ella ha pulverizado el techo, lo ha hecho añicos a golpe de horas extra, de fines de semana en el despacho, de noches preparando alegatos. Recuerda la primera vez que entró en el gran vestíbulo de mármol, hace diez años. Había ido para una entrevista de trabajo y se encontró delante de ocho hombres, entre los que estaba Johnson en persona, el socio fundador, el *Managing Partner*, Dios mismo, que había abandonado su despacho y descendido a la sala de reunión ex profeso. No dijo una palabra, pero la miró fijamente con expresión severa y recorrió cada línea de su currículum sin hacer el menor comentario. Sarah se sentía intimidada, pero no lo dejó entrever; era experta en el arte de llevar una máscara, una disciplina que practicaba desde hacía mucho tiempo. Al salir, se sintió un poco descorazonada. Johnson no le había hecho preguntas ni había mostrado ningún interés por ella; como un jugador curtido durante una partida de póquer, había mantenido una expresión impasible durante la entrevista y se había despedido con un escueto «adiós», que no permitía albergar muchas esperanzas respecto a su porvenir. Sarah sabía que había muchos candidatos para el puesto de colaborador. Ella provenía de otro bufete, más pequeño y menos prestigioso, no tenía nada ganado. Habría otros con más experiencia, más agresividad y quizá también más suerte.

Más tarde supo que la había elegido el propio Johnson y que la había designado entre los demás candidatos contra la opinión de Gary Curst. (Sarah tendría que acostumbrarse: Gary Curst no la quería, o tal vez la quería más de la cuenta; puede que estuviera celoso, o quizá la deseara, en cualquier caso la cuestión era que se mostraría hostil con ella gratuita e indefectiblemente en todo momento.) Sarah conocía a esos hombres ambiciosos que odiaban a las mujeres, que se sentían amenazados por ellas. Se relacionaba con ellos, pero no les hacía demasiado caso. Seguía su camino, dejándolos en la cuneta. En Johnson & Lockwood había subido peldaños a la velocidad de un caballo al galope y se había forjado una reputación sólida en los tribunales. Éstos eran su terreno, su territorio, su cuadrilátero. Cuando entraba en ellos, se transformaba en una guerrera, en una luchadora despiadada, implacable. Cuando litigaba, adoptaba una voz ligeramente distinta a la suya, más grave, más solemne. Se expresaba con frases cortas, incisivas, contundentes como ganchos a la mandíbula. Dejaba KO a sus adversarios aprovechando la menor fisura, cualquier debilidad en su argumentación. Se sabía sus casos de memoria. No se dejaba desarmar y nunca perdía los nervios. Desde que empezó a ejercer en el pequeño bufete de la calle Winston que la contrató tras licenciarse como abogada, había ganado casi todos los casos. Era admirada y temida. A sus casi cuarenta años, era un ejemplo de éxito para los abogados de su generación.

En el bufete se rumoreaba que sería la próxima *Managing Partner*. Johnson era mayor, había que buscarle un sucesor. Todos los socios aspiraban al puesto. Ya se veían califas en el trono del califa. Ese puesto era la consagración, el Everest del mundo de la abogacía. Sarah lo tenía todo para ser la elegida: una trayectoria ejemplar, una voluntad inquebrantable, una capacidad de trabajo sin igual, una especie de bulimia que la empujaba a estar siempre en movimiento. Era una deportista, una alpinista que, apenas coronado un pico, se lanzaba a por el siguiente. Ella veía su vida así, como una larga ascensión, aunque a veces se preguntaba qué ocurriría cuando estuviera en la cima. Esperaba ese día sin desearlo realmente.

Por supuesto, su carrera había exigido sacrificios. Le había costado un montón de noches en vela y dos matrimonios. Sarah solía decir que a los hombres no les gustan las mujeres que les hacen sombra, y también reconocía que, donde hay dos abogados, sobra uno. Una vez había leído en una revista —ella, que rara vez las abría— una estadística estremecedora sobre la duración de las parejas de abogados. Se la enseñó a su marido de entonces y los dos se echaron a reír. Se separaron al año siguiente.

Absorbida por su trabajo en el bufete, Sarah había tenido que renunciar a muchos momentos con sus hijos. Haberse perdido las salidas escolares, las fiestas de fin de año, las funciones de danza, las meriendas de cumpleaños o las vacaciones le pesaba más de lo que estaba dispuesta a admitir. Sabía que esos momentos no volverían y pensarlo la apenaba. Conocía a la perfección el sentimiento de culpa de las madres que trabajan, lo tenía desde que nació Hannah, desde el terrible momento en que, con sólo cinco días, tuvo que dejarla al cuidado de una niñera para solucionar un asunto urgente en el bufete. No tardó en comprender que, en el ambiente en que se movía, no había margen para los retrasos de una madre afligida. Antes de ir a trabajar había ocultado las lágrimas bajo una espesa capa de maquillaje. Se sentía desgarrada, dividida, pero no podía confiarse a nadie. En momentos así envidiaba la tranquilidad de su marido, la fascinante tranquilidad de los hombres, en quienes ese sentimiento parecía curiosamente ausente. Salían por la puerta de casa con una facilidad insolente. Al irse por la mañana, no llevaban consigo más que sus expedientes, mientras que ella arrastraba la carga de la culpa, como una tortuga su pesado caparazón. Al principio intentó luchar contra ese sentimiento, rechazarlo, negarlo, pero no lo consiguió. Acabó haciéndole un sitio en su vida. La culpa era su vieja compañera, que iba con ella a todas partes sin necesidad de que la invitara. Era la valla publicitaria en mitad del campo, la verruga en medio de la cara, fea e inútil, pero lo quisiera o no, allí estaba. Y había que aguantarla.

Ante sus colaboradores y sus socios, Sarah no dejaba traslucir nada. Tenía por norma no hablar nunca de sus hijos. No los mencionaba ni tenía fotos suyas en el despacho. Cuando debía ausentarse del bufete para ir al pediatra o acudir a una convocatoria de la escuela a la que no podía faltar, prefería decir que iba a una «entrevista fuera». Sabía que estaba mejor visto irse antes para «tomar una copa» que alegar problemas con la canguro. Era mejor mentir, inventar, echarle imaginación, cualquier cosa antes que confesar que tenía hijos, es decir, ataduras, vínculos, limitaciones. Eran otros tantos frenos a su disponibilidad, al progreso de su carrera. Sarah aún recuerda que, en el anterior bufete donde ejerció, una mujer que acababa de ser ascendida a socia, al anunciar que estaba embarazada fue destituida y devuelta a su puesto de colaboradora. Era una violencia sorda, invisible, una violencia habitual que nadie denunciaba. Sarah aprendió una lección por sí misma. Durante sus dos embarazos no les dijo nada a sus jefes. Sorprendentemente, su vientre se mantuvo plano mucho tiempo: hasta alrededor de los siete meses, su gravidez fue casi indetectable, incluso con los gemelos, como si, dentro de ella, sus hijos hubieran comprendido que era mejor ser discretos. Era su pequeño secreto, una especie de pacto tácito entre ellos. Sarah cogió la baja por maternidad más breve posible y volvió al bufete dos semanas después de la cesárea, con una línea envidiable, cansada, pero pulcramente maquillada y con una sonrisa perfecta. Por la mañana, antes de aparcar delante del bufete, hacía un alto en el parking de un supermercado cercano para retirar del asiento trasero las dos sillitas para bebé y guardarlas en el maletero y así hacerlos invisibles. Por supuesto, sus compañeros sabían que tenía hijos, pero ella se cuidaba mucho de recordárselo. Una secretaria podía hablar de papillas y primeros dientes; una socia, no.

Así pues, Sarah había construido un muro absolutamente impenetrable entre su vida profesional y su vida familiar, que, como dos líneas paralelas, seguían sus respectivos cursos sin encontrarse jamás. Era un muro frágil, precario, que a veces se agrietaba y un día quizá se derrumbara. No importaba. A Sarah le gustaba pensar que sus hijos estarían orgullosos de lo que su madre había construido y de lo que era. Procuraba compensar la cantidad con la calidad de los momentos que pasaba con ellos. En la intimidad, Sarah era una madre cariñosa y solícita. Para todo lo demás estaba Ron, *Magic Ron*, como lo habían bautizado los niños. Él se reía del sobrenombre, que se había convertido casi en un título.

Sarah contrató a Ron unos meses después de que nacieran los gemelos. Había tenido problemas con Linda, su anterior canguro, que, además de los retrasos constantes y su poco entusiasmo por el trabajo, había cometido una falta grave que había causado su despido inmediato: al volver a casa inesperadamente para coger un expediente que había olvidado, Sarah encontró a Ethan, que entonces tenía nueve meses, solo en su cama, en la casa vacía. Linda volvió con Simon del mercado una hora después como si tal cosa. Pillada *in fraganti*, se justificó diciendo que paseaba a un gemelo cada día, de forma alterna, porque sacarlos juntos le parecía demasiado complicado. Sarah la despidió al instante. Bajo el pretexto de que padecía una ciática que le impedía ir a trabajar, los días siguientes entrevistó a numerosas niñeras, entre las que estaba Ron. Sorprendida al ver a un hombre presentarse para el puesto, en un primer momento lo descartó: se leían tantas cosas en los periódicos... Además, como ninguno de sus dos maridos había destacado en el arte de cambiar pañales y dar el biberón, dudaba de que un hombre fuera capaz de desempeñar esas tareas. Pero entonces se acordó de su entrevista de trabajo con Johnson & Lockwood y de lo que había tenido que superar, en tanto que mujer, para imponerse en ese medio, y acabó revisando su veredicto. Ron tenía tanto derecho a una oportunidad como las demás. Su currículum era impecable y sus referencias excelentes. También padre de dos hijos. Vivía en un barrio cercano. Era evidente que cumplía todos los requisitos exigibles para el puesto. Sarah lo puso a prueba durante dos semanas, en las que Ron demostró ser perfecto: se pasaba horas jugando con los niños, cocinaba de maravilla y se encargaba de la compra y de la colada, con lo que la liberaba de lo más pesado de las tareas cotidianas. Los niños, tanto los gemelos como Hannah, que tenía entonces cinco años, lo aceptaron. Sarah acababa de separarse de su segundo marido, el padre de los chicos, y pensó que una figura masculina sería beneficiosa en una familia monoparental como la suya. Al contratar a un hombre, puede que inconscientemente también se asegurara de que nadie iba a usurpar su lugar como madre. Así que Ron se convirtió en *Magic Ron*, alguien imprescindible en su vida y en la de sus hijos.

Cuando se miraba en el espejo, Sarah veía a una mujer de cuarenta años a la que todo le había salido bien: tenía tres hijos maravillosos, una casa bien llevada en un buen barrio y una carrera que muchos envidiarían. Era la viva imagen de esas mujeres sonrientes y realizadas que aparecían en las portadas de las revistas. Su herida no se veía, era invisible, casi imperceptible bajo el maquillaje perfecto y los trajes sastre de grandes modistos.

Pero estaba ahí.

Como miles de mujeres en todo el país, Sarah Cohen estaba dividida en dos. Era una bomba a punto de explotar.

Smita

Ven aquí.
   Lávate.
   No te entretengas.

   Es hoy. No debemos llegar tarde.

   En el patio de detrás de la choza, Smita ayuda a
Lalita a lavarse. La niña la deja hacer dócilmente; ni
siquiera protesta cuando el agua se le mete en los ojos.
Smita le desenreda el pelo, que le llega a la cintura.
Nunca se lo ha cortado; es la tradición allí: las mujeres
conservan el cabello de nacimiento mucho tiempo, a veces toda la vida. Le divide la cabellera en tres mechones,
que entrelaza con habilidad hasta formar una trenza.
Luego le tiende el sari que ha cosido para ella por las
noches. La tela se la regaló una vecina. Smita no tiene
dinero para comprar el uniforme que llevan allí los escolares, pero no importa. Su hija irá guapa el primer día
de escuela, se dice.

Se ha levantado al amanecer para prepararle la comida, porque en la escuela no hay comedor, cada niño tiene que llevar su almuerzo. Ha cocido arroz y le ha añadido un poco de curry del que guarda para las grandes ocasiones. Espera que Lalita coma con apetito en su primer día de escuela. Para aprender a leer y escribir se necesita energía. Ha metido la comida en una fiambrera improvisada, una caja de hojalata que ha limpiado cuidadosamente y decorado ella misma. No quiere que Lalita se avergüence delante de los otros niños. Sabrá leer, como ellos. Como los hijos de los *jat*.

Ponte polvos.
Ocúpate del altar.
Deprisa.

En la única habitación de la choza, que sirve tanto de cocina como de dormitorio y templo, Lalita es la encargada de limpiar el pequeño altar dedicado a los dioses. Enciende una vela y la coloca junto a las imágenes sagradas. Ella es quien hace sonar el cascabel al final de las loanzas. Smita y su hija rezan juntas una oración a Visnú, dios de la vida y de la creación y protector de todos los seres humanos. Cuando el orden del mundo se trastorna, Visnú se encarna para descender a la Tierra y restaurarlo, adoptando ya sea la forma de un pez, de una tortuga, de un jabalí, de un hombre-león o incluso de un hombre. A Lalita le gusta sentarse junto al altar por la noche, después de cenar, y oír a su madre contar la historia de los diez avatares de Visnú. En su primera encarnación humana, defendió a la casta de los brahmanes contra los chatrias, con cuya sangre llenó cinco la-

41

gos. Siempre que recuerda esa historia, Lalita se estremece. Cuando está jugando, tiene mucho cuidado de no aplastar ninguna hormiga ni ninguna araña, porque nunca se sabe, Visnú puede estar ahí, muy cerca, encarnado en alguna de esas humildes criaturas... Un dios en la punta del dedo... La idea le gusta y a la vez le da miedo. A Nagarajan también le gusta oír a Smita por la noche, junto al altar. Su mujer es una gran narradora, a pesar de que no sepa leer.

Pero esta mañana no hay tiempo para historias. Como de costumbre, Nagarajan se ha marchado temprano, en cuanto ha amanecido. Es cazador de ratas, como también lo era su padre antes que él. Trabaja en los campos de los *jat*. Es una tradición ancestral, una habilidad transmitida como una herencia: el arte de atrapar ratas con las manos desnudas. Los roedores se comen las cosechas y socavan el suelo excavando galerías. Nagarajan aprendió a reconocer esos agujeros tan característicos en la tierra. Hay que fijarse bien, decía su padre. Y ser paciente. No tengas miedo. Al principio te morderán. Pero aprenderás. Nagarajan recuerda su primera captura, a los ocho años. Cuando metió la mano en el agujero, un dolor lacerante le atravesó la carne: la rata le había mordido la zona blanda entre el pulgar y el índice, donde la piel es tan fina. Nagarajan gritó y sacó la mano cubierta de sangre. Su padre se rió. Lo haces mal. Hay que ser más rápido, tienes que sorprenderla. Vuelve a intentarlo. Tenía miedo, pero contuvo las lágrimas. ¡Vuelve a intentarlo! Lo intentó seis veces: seis mordiscos, antes de que consiguiera sacar a la enorme rata de su escondrijo. Su padre la cogió de la cola, le golpeó la cabeza contra una piedra y volvió a tendérsela. Ya está, se limitó a decir. Nagarajan cogió la rata muerta y se la llevó a casa como si fuera un trofeo.

Su madre le vendó la mano y luego asó la rata. Se la comieron juntos para cenar.

Los *dalit* como Nagarajan no reciben un sueldo, tan sólo pueden quedarse con las capturas. Es una especie de privilegio, porque las ratas pertenecen a los *jat*, como los campos y todo lo que hay encima y debajo de ellos.

Asadas, las ratas no están mal. Parecen pollo, dicen algunos. Son el pollo del pobre, el de los *dalit*. La única carne que pueden permitirse. Nagarajan cuenta que su padre se comía las ratas enteras, con la piel y el pelo; sólo dejaba la cola, que era indigesta. Atravesaba al roedor con un palo, lo asaba encima del fuego y se lo zampaba entero. Lalita ríe cuando su padre le cuenta esa historia. Smita prefiere quitarles la piel. Por la noche se comen las ratas de ese día con arroz, y Smita aprovecha el agua de la cocción como salsa. A veces también tienen las sobras de las familias cuyas letrinas limpia; Smita se las lleva a casa y las comparte con los vecinos.

Tu *bindi*.
No lo olvides.

Lalita busca entre sus cosas y saca un frasquito de esmalte que encontró un día mientras jugaba junto a un camino. No se atrevió a decirle a su madre que en realidad se le cayó a una mujer que pasó de largo y el frasco rodó hasta la cuneta, de donde ella lo recogió. Luego se lo apretó contra el cuerpo para esconderlo, como si fuera un tesoro. Esa tarde llegó a casa con su botín diciendo que se lo había encontrado, llena de alegría, pero también avergonzada. Si se enteraba Visnú...

Smita coge el frasquito de la mano de su hija y le dibuja un punto rojo sobre la frente. El círculo tiene que ser perfecto; es una técnica delicada, que requiere un poco de práctica. Con la punta del dedo, le da unos suaves toquecitos al esmalte antes de fijarlo con polvo. El *bindi*, el «tercer ojo», como lo llaman allí, retiene la energía y aumenta la concentración. Hoy Lalita va a necesitarlo, se dice su madre. Mira el circulito perfecto en la frente de la niña y sonríe. Lalita es guapa. Tiene los rasgos finos, los ojos negros y la boca bien perfilada, como el contorno de una flor. Con el sari verde está preciosa. Smita se siente muy orgullosa de su hija en su primer día de escuela. Puede que coma ratas, pero sabrá leer, se dice, y, cogiéndola de la mano, se dirige con ella hacia la gran carretera. La ayudará a cruzarla. Allí los camiones se suceden desde primera hora y van a toda velocidad. No hay señalización ni paso de peatones.

Mientras avanzan, Lalita alza los ojos hacia su madre, inquieta. Lo que la asusta no son los camiones, sino ese mundo nuevo, desconocido para sus padres, en el que tendrá que entrar sola. Smita siente la mirada suplicante de su hija. Sería tan fácil dar media vuelta, coger el cesto de juncos y llevársela con ella... Pero no, no verá a Lalita vomitando en la cuneta. Su hija irá a la escuela. Aprenderá a leer, escribir y contar.

Presta atención.
Obedece.
Escucha al maestro.

La pequeña parece perdida, repentinamente tan frágil que a Smita le gustaría estrecharla entre sus brazos y no soltarla nunca. Tiene que luchar contra ese impulso, reprimirse. Cuando Nagarajan fue a verlo, el maestro dijo «de acuerdo». Miró la caja en la que Smita había metido todos sus ahorros, las monedas cuidadosamente guardadas durante meses para eso. La cogió y dijo «de acuerdo». Todo funciona así, Smita lo sabe. Allí el mejor argumento es el dinero. Nagarajan volvió junto a su mujer con la buena noticia, y los dos lo celebraron.

Cruzan y, de pronto, ya es el momento de soltar la mano de su hija al otro lado de la carretera. A Smita le gustaría decirle tantas cosas... Alégrate, tu vida no será como la mía, tendrás salud, no toserás como yo, vivirás mejor y más tiempo, te respetarán. No tendrás siempre encima ese olor inmundo, ese hedor maldito y del que es imposible despojarse, serás digna. Nadie te arrojará las sobras de la comida como a un perro. Nunca agacharás la cabeza ni la mirada. Cuánto le gustaría a Smita decirle todo eso... Pero no sabe cómo expresarlo, cómo hablarle a su hija de sus esperanzas, de sus sueños un poco locos, de esa mariposa que agita las alas en su estómago.

Así que se inclina hacia ella y se limita a decirle: Ve.

Giulia

Giulia se despierta sobresaltada.

Esta noche ha soñado con su padre. De niña le encantaba acompañarlo a hacer su recorrido. Temprano por la mañana, se subían a la Vespa, pero ella no se montaba atrás, sino delante, sobre las rodillas de él. Lo que más le gustaba a Giulia era notar el viento en el pelo, la embriagadora sensación de libertad e infinito que produce la velocidad. No tenía miedo, la rodeaban los brazos de su padre, no podía pasarle nada. En las bajadas chillaba de alegría y excitación. Veía salir el sol sobre la costa de Sicilia, la incipiente agitación de los barrios de las afueras, la vida que despertaba y se desperezaba.

Lo que más le gustaba era llamar a las puertas. Buenos días, es por la *cascatura*, anunciaba con orgullo. A veces, tras confiarle su bolsita con cabellos, las mujeres le daban una golosina o una estampa. Orgullosa, Giulia cogía el botín y se lo tendía al *papà*. El señor Lanfredi sacaba de su bolsa la pequeña balanza de hierro fundido que había heredado de su padre y éste del suyo, y que llevaba a todas partes. Pesaba los mechones para calcular lo que valían y le daba unas cuantas monedas a la mujer. En otros tiempos, el pelo se cambiaba por cerillas, pero con la llegada de los mecheros el trueque terminó. Ahora se pagaba con dinero contante y sonante.

A menudo, su padre hablaba riendo de las personas mayores que, demasiado cansadas para abandonar su habitación, bajaban sus cabellos dentro de una cesta atada a una cuerda. Él los saludaba con la mano, cogía los mechones y ponía el dinero en la cesta, que volvía a subir del mismo modo.

Giulia se acuerda de eso: de la risa de su padre cuando lo contaba.

Luego se iban los dos a otra casa. *Arrivederci!* En las peluquerías, el botín era más jugoso. A Giulia le gustaba la expresión de su padre cuando le daban una trenza larga, las más escasas y las más caras. La pesaba, la medía y tocaba los cabellos para comprobar la textura y el espesor. Pagaba, daba las gracias y volvían a irse. Había que aligerar: sólo en Palermo, el taller Lanfredi tenía cien proveedores. Si se daban prisa, estarían de vuelta a la hora de comer.

La imagen sigue ahí un instante más. Giulia, con nueve años, en la Vespa.

Los segundos siguientes son borrosos, confusos, como si a la realidad le costara imponerse y se mezclara con el sueño que acaba de finalizar.

Así que es verdad... El *papà* tuvo un accidente el día anterior, mientras hacía su recorrido. Por motivos que se ignoran, la Vespa se salió de la carretera. Pero él conocía bien esa ruta, la ha hecho cientos de veces. Los bomberos dicen que debió de cruzársele un animal, a no ser que sufriera una indisposición. Nadie lo sabe. Ahora está entre la vida y la muerte en el hospital Francesco Saverio. Los médicos no quieren pronunciarse. Hay que prepararse para lo peor, le han dicho a la *mamma*.

Pero Giulia no puede contemplar lo peor. Un padre no se muere, un padre es eterno, es una roca, un pilar, sobre todo el suyo. Pietro Lanfredi es una fuerza de la naturaleza, llegará a los cien años, suele decir su amigo el doctor Signore mientras se toma una copa de *grappa* con él. Pietro, el vitalista, el sibarita, el *papà*, el amante de los buenos vinos, el patriarca, el amo, el irascible, el pasional, su padre, su adorado padre, no puede irse. Ahora no. Así no.

Hoy es Santa Rosalía. Qué ironía tan triste, se dice Giulia. Los palermitanos desfilarán alborozados todo el día en honor de su santa patrona. La *festinu* estará de bote en bote, como todos los años. Como de costumbre, su padre les ha dado el día libre a sus empleadas para que participen en las celebraciones: la procesión a lo largo del corso Vittorio Emanuele y luego, al caer la noche, los fuegos artificiales en el Foro Itálico.

Giulia no está para fiestas. Procura no prestar atención a las manifestaciones de alegría de las calles cuando acude a la cabecera de su padre con sus hermanas y su madre. En la cama del hospital, el *papà* no parece sufrir y esa idea la consuela un poco. Su cuerpo, antes tan poderoso, se ve tan frágil como el de un niño. Y más pequeño, como si hubiera encogido, se dice Giulia. Quizá sea eso lo que ocurre cuando el alma se va... De inmediato ahuyenta de su mente esa idea fúnebre. Su padre está ahí. Aún vive. Hay que aferrarse a eso. Una «conmoción cerebral», dicen los médicos. Una expresión que significa: no lo sabemos. Nadie puede decir si vivirá o morirá. Él mismo parece no haber elegido.

Hay que rezar, dice la *mamma*. Esta mañana, pide a Giulia y sus hermanas que la acompañen a la procesión de santa Rosalía. La Virgen Florida hace milagros, añade, lo demostró en el pasado salvando de la peste a la ciudad, hay que ir a invocarla. A Giulia no le gustan mucho esas manifestaciones de fervor religioso, ni la multitud, pues teme sus movimientos impredecibles. Además, no cree en todo eso. Por supuesto, la bautizaron e hizo la primera comunión: recuerda ese día en que, ataviada con el vestido blanco tradicional, recibió por primera vez el sacramento de la eucaristía bajo la piadosa y atenta mirada de toda la familia. Es uno de los recuerdos más bonitos de su vida. Pero hoy no tiene ganas de rezar. Le gustaría quedarse junto al *papà*.

Su madre insiste. Si los médicos se sienten impotentes, sólo Dios puede salvarlo. Parece tan convencida que, de pronto, Giulia envidia su fe, esa fe del carbonero que nunca la ha abandonado. Su madre es la mujer más piadosa que conoce. Todas las semanas va a la iglesia para oír la misa en latín, pese a que no entiende nada, o casi nada. «Para honrar a Dios, no hace falta entender», suele decir. Giulia acaba cediendo.

Juntas se unen a la procesión y la muchedumbre de los devotos de santa Rosalía, entre la catedral y los Quattro Canti. Una marea humana se apretuja allí para rendir homenaje a la Virgen Florida, cuya enorme imagen es llevada en andas por las calles. Este mes de julio, en Palermo hace mucho calor; un bochorno agobiante invade la ciudad y sus avenidas. Giulia se ahoga entre el gentío. Le zumban los oídos, se le nubla la vista.

Aprovechando que su madre se detiene para saludar a una vecina que le pregunta por el estado del *papà* —la noticia ya se ha extendido por todo el barrio—, Giulia se aleja del gentío y se refugia en una calleja a la sombra para refrescarse con el agua de una fuente. El aire vuelve a ser respirable. Mientras se recupera, un poco más allá, en la calle, se oyen gritos. Dos *carabinieri* de uniforme increpan a un individuo de piel oscura. Es alto y lleva un turbante negro, que los agentes le ordenan que se quite. El hombre protesta en un italiano impecable, con un leve acento extranjero: es legal, dice, enseñando su documentación, pero los policías no le escuchan. Irritados, amenazan con llevárselo a comisaría si sigue negándose a obedecer. Bajo el turbante puede esconder un arma, arguyen; en un día de procesión como éste no pueden dejar nada al azar. El hombre no da su brazo a torcer. El turbante es un signo de pertenencia a su religión y no se le permite quitárselo en público. Además, no impide que lo identifiquen, añade, aparece así en el documento de identidad, una exención concedida a los sijs por el gobierno italiano. Giulia presencia la escena, azorada. El hombre es atractivo. De constitución atlética, tiene los rasgos finos, la piel oscura y los ojos sorprendentemente claros. No pasará de los treinta años. Los *carabinieri* suben el tono y uno de ellos empieza a empujarlo. Lo aferra con firmeza y acaban llevándoselo hacia la comisaría.

El desconocido no se resiste. Con una actitud tan digna como resignada, pasa ante ella entre los dos agentes. Por un instante, sus miradas se encuentran. Giulia no baja los ojos; el extranjero, tampoco. Lo ve desaparecer por la esquina de la calle.

Che fai?!

Francesca se le acerca por detrás y la sobresalta.

¡Te hemos buscado por todas partes!
Andiamo! Dai!

A regañadientes, Giulia sigue a su hermana mayor y juntas regresan a la procesión.

Por la noche, le cuesta conciliar el sueño. La imagen del hombre de piel oscura le vuelve a la cabeza una y otra vez. No puede evitar preguntarse qué habrá sido de él, qué le habrán hecho los *carabinieri*. ¿Lo habrán maltratado, golpeado? ¿Lo habrán devuelto a su país? Su mente se pierde en conjeturas inútiles: ¿debería haber intervenido? Pero ¿qué podría haber hecho? Se siente culpable por su pasividad. No sabe por qué la intriga de ese modo la suerte del desconocido. Cuando la ha mirado, la ha embargado un sentimiento extraño, algo que nunca había sentido. ¿Curiosidad? ¿Empatía?

A menos que se trate de otra cosa a la que no sabe ponerle nombre.

Sarah

Montreal, Canadá

Sarah acaba de desmayarse. En la sala del tribunal, en pleno alegato. Primero se ha interrumpido y, respirando con dificultad, ha mirado a su alrededor como si de pronto no supiera dónde estaba. Ha intentado retomar el hilo de su argumentación, pese a la palidez de la cara y el temblor de las manos, lo único que delata su indisposición. Luego se le ha nublado la vista, su campo de visión se ha oscurecido y ha empezado a jadear. Su ritmo cardiaco ha disminuido y la sangre ha abandonado su rostro, como un río que abandona su cauce. Sarah se ha derrumbado, como las torres gemelas del World Trade Center, que se consideraban invulnerables. Su caída se ha producido en silencio. Sarah no se ha quejado, no ha pedido ayuda. Se ha desplomado sin hacer ruido, como un castillo de naipes, casi con elegancia.

Cuando vuelve a abrir los ojos, un hombre con uniforme de bombero está inclinado sobre ella.

Ha sufrido un desvanecimiento, señora. La llevan al hospital.

«Señora», ha dicho el bombero. Sarah está recobrando el conocimiento, pero no se le escapa el detalle. Odia que la llamen «señora», la palabra le golpea el rostro como una bofetada. En el bufete todos lo saben: hay que llamarla «abogada» o «señorita», nunca «señora». Casada dos veces y dos veces divorciada: los efectos se anulan. Y además detesta esa palabra, que significa: «usted ya no es una mujer joven, una señorita, ha pasado a la siguiente categoría». La irritan esos cuestionarios en los que hay que poner una cruz junto a la franja de edad a la que perteneces. Tuvo que renunciar a la seductora franja de los 30-39 años, para pasar a la menos atrayente de los 40-49. No vio venir la cuarentena. Sin embargo, tuvo treinta y ocho, incluso treinta y nueve, pero los cuarenta, no, realmente no se los esperaba. No creía que llegarían tan pronto. «Nadie es joven después de los cuarenta»; recuerda esa frase de Coco Chanel que leyó en una revista que cerró acto seguido. No esperó a leer la continuación: «Pero se puede ser irresistible a cualquier edad.»

«Señorita», corrige al instante, incorporándose. Intenta levantarse, pero el hombre la detiene con un gesto suave pero firme. Sarah protesta, menciona el juicio en el que estaba interviniendo. Un asunto urgente, de la mayor importancia, como siempre lo son.

Se ha cortado al caer. Tienen que ponerle unos puntos.

A su lado está Inès, la colaboradora que contrató ella misma y que la ayuda en los casos. La chica le informa de que han aplazado la vista. Acaba de llamar al bufete para posponer las citas inmediatas. Como siempre, Inès es rápida, eficiente; en una palabra: perfecta. Parece preocupada por ella, se ofrece para acompañarla al hospital, pero Sarah prefiere enviarla al bufete. Será más útil allí, preparando la comparecencia del día siguiente.

Mientras espera en las urgencias del CHUM, Sarah se dice que, pese a su simpático nombre, el Centro Hospitalario de la Universidad de Montreal no es nada atractivo. Acaba levantándose y yéndose. No piensa esperar dos horas por tres puntos en la frente, una simple venda será suficiente, tiene que volver al trabajo. Un médico la detiene y la obliga a sentarse de nuevo: debe esperar a que la examinen. Sarah protesta, pero no le queda más remedio que obedecer.

El interno que por fin la ausculta tiene las manos largas y finas, y una expresión concentrada. Le hace numerosas preguntas, a las que Sarah responde lacónicamente. No comprende qué interés tiene todo eso, se encuentra bien, le repite, pero el interno prosigue su examen. A regañadientes, como una sospechosa a la que se arranca una confesión, acaba admitiéndolo: sí, en ese momento está cansada. ¿Cómo no va a estarlo, con tres hijos, una casa que llevar y un frigorífico que llenar, además de un trabajo a jornada completa?

Sarah no dice que desde hace un mes se levanta agotada. Que por las noches, cuando llega a casa, después de oír el parte de Ron sobre el día de los niños, cenar con ellos, acostar a los gemelos y hacer que Hannah le recite la lección, se derrumba en el sofá y se duerme antes de haber podido siquiera coger el mando de esa pantalla gigante que acaba de comprar y que nunca ve.

Tampoco menciona ese dolor en el pecho izquierdo que tiene desde hace algún tiempo. Seguramente no sea nada... No tiene ganas de hablar de eso ni ahí ni ahora con ese desconocido en bata blanca que la mira con expresión fría. No es el momento.

Sin embargo, el interno parece preocupado: tiene la tensión baja y esa palidez... Sarah le quita importancia, disimula, se hace la tonta, es muy buena en eso. Después de todo, es una profesión. En el bufete, todos conocen el chiste: «¿Cómo se sabe que un abogado miente? Porque mueve los labios.» Ha podido con los magistrados más retorcidos de la ciudad; no será un joven interno quien la doblegue. Un simple bajón, nada más. ¿Un *burn-out*? La expresión la hace sonreír. Un término de moda, desperdiciado, una palabra demasiado grande para un poco de cansancio. Esta mañana no ha comido lo suficiente, o no ha dormido lo suficiente... No ha follado lo suficiente, está tentada de añadir con sorna, pero el semblante severo del interno la disuade de cualquier intento de acercamiento. Lástima, es bastante mono, con esas gafitas y ese pelo rizado, casi su tipo... Sí, tomará vitaminas si se empeña. Sonriendo, menciona un cóctel muy estimulante que conoce: café, coñac y cocaína. Muy eficaz, debería probarlo.

56

El interno no está para bromas. Le sugiere que descanse, que se tome unos días libres. Que «levante el pie del acelerador» es la expresión que emplea. Sarah se echa a reír. Así pues, se puede ser médico y tener sentido del humor... ¿Levantar el pie del acelerador? ¿Y cómo lo hace? ¿Vende a sus hijos en eBay? ¿Dejan de cenar a partir de esta noche? ¿Anuncia a sus clientes que hace huelga en el bufete? Lleva casos de importancia crucial, no puede delegarlos. Parar no es una opción. ¿Tomarse unos días libres? Ya no sabe ni lo que es eso, apenas se acuerda de sus últimas vacaciones: ¿fue el año pasado o el anterior? El interno deja caer una frase vacía a la que Sarah prefiere no responder: «Nadie es irremplazable.» Es evidente que no tiene la menor idea de lo que significa ser socia de Johnson & Lockwood. La menor idea de lo que significa estar en la piel de Sarah Cohen.

Quiere irse. Ya. El interno intenta retenerla para hacerle más pruebas, pero ella se escabulle.

Sin embargo, no es de las que dejan las cosas para mañana. En la escuela era una buena alumna, una «alumna aplicada», como decían sus profesores. Odiaba hacer el trabajo en el último momento, le gustaba «adelantarse», según sus propias palabras. Tenía la costumbre de dedicar las primeras horas del fin de semana o de las vacaciones a los deberes; luego se sentía más libre. En el bufete siempre va un paso por delante de los demás, por eso ha ascendido tan deprisa. Ella no deja nada al azar, ella se-an-ti-ci-pa.

Pero ahí no. Ahora no.
No es el momento.

Así que Sarah vuelve al mundo, a sus citas, sus *conf calls*, sus listas, sus expedientes, sus alegatos, sus reuniones, sus notas, sus informes, sus comidas de trabajo, sus citaciones, sus procedimientos de urgencia, sus tres hijos. Regresa al frente como un buen soldadito, vuelve a ponerse la máscara que siempre ha llevado y que tan bien le queda, la de la mujer sonriente a la que todo le va bien. No se le ha estropeado, ni siquiera está agrietada. Al llegar al bufete tranquilizará a Inès y al resto de los colaboradores: no ha sido nada. Y todo seguirá como antes.

En las semanas siguientes, hará esa visita de control a la ginecóloga, sí, noto algo, dirá la mujer mientras la ausculta, y de pronto su rostro se teñirá de inquietud. Le mandará una serie de pruebas con nombres bárbaros que dan miedo con sólo oírlos: mamografía, IRM, escáner, biopsia. Pruebas que, por sí solas, ya son un diagnóstico. Una condena.

Pero por ahora «no es el momento». Sarah abandona el hospital, contra la recomendación del interno.

De momento, todo marcha.

Mientras no se hable de ello, no existe.

La sala no es más que un cuarto
en el que cabrá como mucho una cama,
de niño, no hay más espacio.
Ahí es donde a solas tejo
día tras día, en silencio.

Hay máquinas que lo hacen, desde luego,
    pero el acabado es más grueso.
Yo no trabajo en cadena:
cada modelo que termino
es único y, a mí, me llena.

El tiempo ha hecho que mis manos
sean casi independientes del resto del cuerpo.
Los movimientos se aprenden,
pero la rapidez se adquiere con los años.

Trabajo desde hace tanto
ante el telar, inclinada.
Tengo la vista cansada.

También mi cuerpo está exhausto,
achacoso, entumecido,
pero la agilidad en los dedos
para nada la he perdido.

A veces mi mente escapa
del taller donde trabajo.
Me lleva a sitios lejanos,
a otras gentes y otras vidas,
y me trae voces, que llegan,
como ecos debilitados,
a mezclarse con la mía.

Smita

Badlapur, Uttar Pradesh, India

Al entrar en la choza, Smita advierte de inmediato la expresión de su hija. Se ha dado prisa en acabar la ronda, no ha hecho el alto de costumbre en casa de la vecina para compartir con ella las sobras de los *jat*. Ha ido corriendo al pozo a sacar agua, ha dejado el cesto de juncos y se ha lavado en el patio (un cubo, no más, tiene que dejar agua para Lalita y Nagarajan). Todas las tardes, antes de cruzar la puerta, Smita se restriega el cuerpo con jabón tres veces; se niega a llevar a casa ese olor infame, no quiere que su hija y su marido la relacionen con ese hedor. Ese olor, el olor de la mierda de los demás, no es ella, no quiere que la identifiquen con él. Así que se frota con todas sus fuerzas las manos, los pies, el cuerpo, la cara, se frota hasta arrancarse la piel, detrás del trozo de tela que le sirve de cortina, al fondo del patio, en las afueras de Badlapur, en los confines de Uttar Pradesh.

Smita se seca y se pone ropa limpia antes de entrar en la choza. Lalita está sentada en un rincón, con las rodillas apretadas contra el pecho. Tiene la mirada fija, clavada en el suelo. En su rostro flota una expresión que su madre no le conoce, una mezcla indefinible de rabia y tristeza.

¿Qué te pasa?

La niña no responde. Sigue apretando las mandíbulas.

Dímelo.
Cuéntamelo.
¡Habla!

Lalita sigue muda, con la mirada perdida en el vacío, como si la tuviera fija en un punto imaginario que sólo ella ve, un lugar inaccesible, lejos de la choza, lejos del pueblo, donde nadie puede alcanzarla, ni siquiera su madre. Smita se enfada.

¡Habla!

La niña se encoge, se encierra en sí misma como un caracol asustado en su concha. Smita podría zarandearla, gritarle, obligarla a hablar. Pero conoce a su hija: así no le sacará nada. En su estómago, la mariposa se ha transformado en cangrejo. La angustia la oprime. Pero ¿qué ha pasado en la escuela? No conoce ese mundo, pero aun así ha enviado a él a su hija, su tesoro. ¿Se ha equivocado? ¿Qué le han hecho?

Observa a la niña: la parte posterior del sari parece desgarrada. ¡Un roto, sí, es un roto!

¿Qué has hecho?
¡Te has manchado!
¡¿Dónde te has metido?!

Smita coge la mano de su hija y tira de ella para despegar a Lalita de la pared: ¡el sari nuevo, que estuvo cosiendo durante horas, noche tras noche, quitándose horas de sueño para que estuviera a tiempo, el sari del que se sentía tan orgullosa está desgarrado, manchado, echado a perder!

¡Lo has desgarrado! ¡Mira!

Furiosa, Smita empieza a gritar, pero de pronto se queda paralizada. Una terrible duda se ha apoderado de ella. Arrastra a Lalita al patio, a la luz del día, porque el interior de la choza es oscuro y no deja entrar mucha claridad. Empieza a desnudarla, le quita el sari con decisión. Lalita no opone resistencia, la tela cede con facilidad, el vestido le está un poco grande. Al ver la espalda de su hija, Smita se estremece: está surcada de marcas rojas. Señales de golpes. En algunos sitios, la piel está en carne viva. Encarnada, como su *bindi*.

¡¿Quién te ha hecho esto?!
¡Dímelo!
¡¿Quién te ha golpeado?!

La pequeña baja la mirada y deja escapar dos palabras. Sólo dos.

El maestro.

La cara de Smita enrojece. En el cuello, la yugular se le hincha debido a la cólera. Lalita odia esa venilla abultada, que le da miedo, habitualmente su madre es tan tranquila... Smita agarra a la niña y la sacude. Su cuerpecillo desnudo se agita como una ramita.

¿Por qué?
¡¿Qué has hecho?!
¡¿No le has obedecido?!

Smita explota: ¡su hija, desobedeciendo el primer día de escuela! ¡Seguro que el maestro no querrá readmitirla! ¡Todas sus esperanzas, frustradas, todos sus esfuerzos, inútiles! Sabe lo que quiere decir eso: la vuelta a las letrinas, a la inmundicia, a la mierda de los demás. A ese cesto, al maldito cesto del que la quería librar... Smita nunca ha sido violenta, nunca le ha pegado a nadie, pero de pronto siente crecer en su interior una ola de rabia incontenible. Es un sentimiento nuevo, que la invade por completo, una marea que rompe contra el dique de la razón y lo sepulta. Abofetea a su hija. La pequeña se encoge bajo los golpes y se protege la cara con las manos lo mejor que puede.

Nagarajan regresa del campo y oye gritos en el patio. Echa a correr. Se interpone entre su mujer y su hija. ¡Smita! ¡Para! Consigue apartarla y coge en brazos a Lalita, que se estremece a causa de los sollozos. Descubre las marcas de los golpes en su espalda, las franjas de piel abierta. Estrecha a la niña contra su cuerpo.

¡Ha desobedecido al brahmán!, grita Smita. Nagarajan se vuelve hacia su hija, que se acurruca en sus brazos.

¿Es verdad?

Tras un momento de silencio, Lalita farfulla al fin una frase que los golpea como una bofetada:

Quería que barriera la clase.

Smita se queda petrificada. Lalita lo ha dicho muy bajo, no está segura de haberla oído bien. Se lo hace repetir.

¡¿Qué has dicho?!

Quería que barriera delante de los demás.
He dicho que no.

Temiendo que vuelva a golpearla, la niña se agacha. De pronto, se hace más pequeña, como si encogiera a causa del miedo. Smita se ha quedado sin respiración. Atrae hacia sí a la niña, la estrecha contra ella con tanta fuerza como le permite su frágil cuerpo, y se echa a llorar. Lalita apoya la cabeza en el cuello de su madre en señal de abandono y de paz. Se quedan así largo rato bajo la mirada desconsolada de Nagarajan. Es la primera vez que ve llorar a su esposa. Nunca ha flaqueado, nunca ha cedido ante las pruebas a las que los ha sometido la vida, es una mujer fuerte y obstinada. Pero hoy no. Abrazada al cuerpo de su hija, a la que han magullado y humillado, vuelve a ser una niña, como ella, y llora por las esperanzas defraudadas, la vida con la que tanto ha soñado y que ya no podrá ofrecerle, porque siempre habrá algún *jat* y brahmanes para recordarles quiénes son y de dónde provienen.

Esta noche, después de acostar y arrullar a Lalita, que al fin se ha dormido, Smita da rienda suelta a su ira. ¡¿Por qué ha hecho eso el maestro, ese brahmán, si se había mostrado dispuesto a admitir a Lalita como a los demás, los hijos de los *jat*, después de coger su dinero y decirles «de acuerdo»?! Smita conoce a ese hombre, y también a su familia, su casa está en el centro del pueblo. Les limpia las letrinas todos los días, a veces su mujer le da arroz. Entonces ¡¿por qué?!

De pronto, piensa en los cinco lagos que Visnú llenó con la sangre de los chatrias en defensa de la casta de los brahmanes. Ellos son los eruditos, los sacerdotes, los sabios, por encima de todas las demás castas, en la cúspide de la humanidad. ¿Por qué tomarla con Lalita? Su hija no es un peligro para ellos, no amenaza ni su saber ni su posición; entonces ¿por qué volver a hundirla en la inmundicia de esa manera? ¿Por qué no enseñarle a leer y escribir como a los demás niños?

Hacerle barrer la clase quiere decir: tú no tienes derecho a estar aquí. Eres una *dalit*, una *scavenger*, y lo seguirás siendo, ésa será tu vida. Morirás en la mierda, como tu madre y tu abuela antes que tú. Como tus hijos, tus nietos y todos tus descendientes. Para vosotros, los intocables, escoria de la humanidad, no habrá más que eso, ese olor inmundo por los siglos de los siglos, sólo la mierda de los demás, la mierda del mundo entero que tendréis que recoger.

Lalita no ha dado su brazo a torcer. Ha dicho no. Al pensarlo, Smita se siente orgullosa de ella. Su hija de seis años, poco más alta que un taburete, ha mirado al brahmán a los ojos y le ha dicho: no. Él la ha sujetado y la ha azotado con la vara de junco en medio del aula, delante de los demás. Lalita no ha llorado, no ha gritado, no ha emitido el menor sonido. Cuando ha llegado la hora de comer, el brahmán la ha privado del almuerzo, le ha quitado la caja de hojalata que Smita le había preparado. Ni siquiera han dejado sentarse a la pobre niña; sólo ver comer a los demás. Pero no ha rechistado, no ha mendigado. Se ha quedado de pie, sola. Digna. Sí, Smita se siente orgullosa de su hija: puede que coma ratas, pero tiene más fuerza que todos esos brahmanes y *jat* juntos, que no la han doblegado, no la han aplastado. La han molido a palos, la han cubierto de moretones, pero sigue ahí, dentro de sí misma. Intacta.

Nagarajan no está de acuerdo con su mujer: Lalita debería haber cedido y cogido la escoba; después de todo, barrer no es algo tan terrible, duele menos que un golpe con una vara de junco... Smita estalla. ¡¿Cómo puede hablar así?! La escuela está para enseñar, no para humillar. Ahora mismo se va a hablar con el brahmán, sabe dónde vive, conoce la puerta falsa en la parte de detrás de la casa, entra por ella con su cesto todos los días para limpiar su porquería... Nagarajan la detiene: enfrentándose al brahmán no conseguirá nada. Es más poderoso que ella. Todos lo son. Si quiere volver a la escuela, Lalita tendrá que aceptar las humillaciones. Es el precio que debe pagar si desea aprender a leer y escribir. Así es su mundo; uno no sale de los límites de su casta impunemente. Allí todo se paga.

Smita mira a su marido temblando de ira. No dejará que su hija se convierta en el chivo expiatorio del brahmán. ¿Cómo se atreve a planteárselo? ¿Cómo puede ni siquiera pensarlo? Debería salir en su defensa, rebelarse, luchar contra el mundo entero por su hija. ¿No es ésa la obligación de un padre? Ella preferiría morir antes que mandar a Lalita de nuevo a la escuela; no volverá a pisarla. Smita maldice esa sociedad que aplasta a los débiles, sus mujeres, sus hijos y todos los que debería proteger.

De acuerdo, contesta Nagarajan. Lalita no volverá. Smita se la llevará al día siguiente a hacer la ronda con ella. Le enseñará el oficio de su madre y de su abuela. Le cederá el cesto. Después de todo, es lo que han hecho las mujeres de su familia desde hace siglos. Es su *dharma*. Smita se ha equivocado deseando otra cosa para ella. Ha querido salirse de su camino, de la ruta que tenía marcada, y el brahmán la ha devuelto a ella a varazos. Se acabó la discusión.

Esta noche, Smita reza ante el pequeño altar dedicado a Visnú. Sabe que no podrá dormir. Vuelve a pensar en los cinco lagos de sangre y se pregunta cuántos lagos de sangre de intocables habrá que llenar para liberarlos de ese yugo milenario. Hay millones de personas como ella, multitudes que esperan la muerte con resignación, porque, según decía su madre, en la próxima vida todo será mejor, si es que el ciclo infernal de las reencarnaciones no cesa. El nirvana, el destino definitivo: eso es lo que ella esperaba. Su sueño era morir cerca del Ganges, el río sagrado. Dicen que después el ciclo infernal de la vida se detiene. No volver a renacer, fundirse con el todo, el cosmos, ése es el destino supremo. Pero no a todo el mundo se le da esa oportunidad, decía también su madre. Algunos están condenados a vivir. El orden de las cosas debe ser aceptado como un designio divino. Es así: la eternidad se merece.

Esperando la eternidad, los *dalit* doblan el espinazo.

Smita no. Hoy no.

Para sí, aceptó su propio destino como una cruel fatalidad. Pero a su hija no la tendrán. Se lo promete a sí misma ahí, ante el altar dedicado a Visnú, en la oscuridad de la choza, donde su marido duerme ya. No, no tendrán a Lalita. Su rebeldía es silenciosa, inaudible, casi imperceptible.

Pero está ahí.

Giulia

Parece la bella durmiente, se dice Giulia mientras mira a su padre.

Hace ocho días que descansa entre las blancas sábanas de la cama del hospital. Está estable. Así, inconsciente, su aspecto es tan apacible como el de una novia que estuviera esperando que acudieran a despertarla. Giulia se acuerda del cuento de la *Bella addormentata*, que su padre le leía por la noche cuando era pequeña. Al evocar al hada malvada —la que lanza el maleficio—, adoptaba una voz grave. Giulia había oído el cuento miles de veces, pero cuando la princesa al fin se despertaba, siempre se sentía aliviada. Le gustaba tanto eso, la voz de su padre resonando en la casa familiar, al anochecer.

La voz ha enmudecido.
Ahora, alrededor del *papà* ya sólo hay silencio.

En el taller ha habido que volver al trabajo. Todas las empleadas han mostrado su apoyo a Giulia. Gina le ha preparado la *cassate* que tanto le gusta. Agnese ha comprado bombones para la *mamma*. La *nonna* se ha ofrecido para turnarse con ella a la cabecera de su padre. Alessia le ha pedido a su hermano canónigo que rece por él a santa Caterina. Alrededor de Giulia hay toda una pequeña comunidad que la apoya y se niega a rendirse a la pena. Frente a ellas, la joven quiere mostrarse positiva, como siempre ha sido su padre. Saldrá del coma, está convencida. Retomará su puesto en el taller. Esto no es más que un paréntesis, se dice a sí misma, una breve interrupción.

Todas las noches, después de cerrar, acude a la cabecera de su cama. Se ha acostumbrado a leerle: según los médicos, los pacientes en coma oyen lo que se dice a su alrededor. Así que Giulia lee en voz alta y durante horas poesía, prosa, novelas. Ahora me toca a mí leerle historias, se dice. Él lo hizo muchas veces para mí. Desde donde está, su *papà* la oye, Giulia lo sabe.

Ese día, durante la pausa de la comida, va a la biblioteca a buscar libros para su padre. Cuando entra en la sala de lectura, inundada por el silencio, ocurre un hecho extraño. Al principio no lo ve, porque lo ocultan las estanterías. De pronto, lo descubre.

Está ahí.
El turbante.
El turbante del otro día, en la calle, en la fiesta de Santa Rosalía.

71

Se ha quedado estupefacta. El desconocido está de espaldas y no puede verle la cara. Cambia de pasillo. Intrigada, lo sigue. Cuando al fin coge un libro, le entreví las facciones. Sí, es él, el hombre al que detuvieron los *carabinieri*. Parece buscar algo que no consigue encontrar. Sorprendida por la coincidencia, Giulia lo observa unos instantes. Él no ha advertido su presencia.

Giulia decide acercarse. No sabe qué decirle; no suele abordar a los hombres. Habitualmente son ellos quienes toman la iniciativa. Giulia es guapa, se lo han dicho muchas veces. Pese a su aspecto de chico, desprende una mezcla de inocencia y sensualidad que no deja indiferentes a los representantes del sexo opuesto. «El brillo de los ojos al paso de las chicas...» Sí, lo conoce. Los italianos se las pintan solos para eso, el piropeo, la zalamería. Y Giulia ya sabe en qué acaban esas cosas. Pero un atrevimiento inesperado se apodera de ella.

Buongiorno.

El hombre se vuelve, sorprendido. No parece reconocerla. Cohibida, Giulia titubea.

Lo vi a usted el otro día, en la calle, durante la procesión de Santa Rosalía. Cuando los agentes...

No acaba la frase, de repente incómoda. ¿Y si le molesta que le recuerde el incidente? Empieza a lamentar su atrevimiento. Le gustaría desaparecer, no haberlo abordado. Pero el hombre asiente. Ahora la reconoce.

Temía... que lo hubieran encarcelado, añade Giulia.

El hombre sonríe con una expresión entre candorosa y divertida: ¿quién es esa chica que parece preocuparse por él?

Me retuvieron aquella tarde. Luego dejaron que me fuera.

Giulia observa sus facciones. Pese a la tez oscura, tiene los ojos increíblemente azules, ahora se los ve bien. Son de un azul verdoso, o quizá sea a la inversa. La mezcla es curiosa. Giulia se arma de valor.

Tal vez pueda ayudarlo.
Conozco muy bien las secciones.
¿Busca algún libro concreto?

El hombre le explica que quiere un libro en italiano, que no sea muy complicado, precisa. Aunque habla con fluidez, el italiano escrito sigue costándole. Le gustaría mejorar. Giulia asiente. Se lo lleva a los estantes de literatura italiana. Duda un momento: los autores contemporáneos le parecen difíciles. Acaba aconsejándole una novela de Salgari que leía de niña, *I figli dell'aria*, su favorita. El desconocido la coge y le da las gracias. Cualquier hombre de allí trataría de retenerla, entablar conversación. Aprovecharía la ocasión para intentar seducirla. Él, no. Se limita a despedirse y se aleja.

Al verlo abandonar la biblioteca con el libro que acaba de tomar prestado, a Giulia se le encoge el corazón. Se enfada consigo misma por no atreverse a alcanzarlo. Allí esas cosas no se hacen. No echas a correr detrás de un hombre al que acabas de conocer. Lamenta ser esa chica que, como siempre, se queda cruzada de brazos viendo pasar la vida, sin atreverse a cambiar su curso. En ese momento, maldice su falta de atrevimiento y su pasividad.

Por supuesto, ha tenido amigos, amoríos, algunas aventuras. Ha habido besos, caricias furtivas. Giulia se ha dejado querer, pero se ha contentado con responder al interés que mostraban por ella. Nunca se ha esforzado en gustar.

Toma el camino de vuelta al taller pensando en el desconocido, en el turbante que le da un aspecto extravagante, de otra época. En el pelo, que tiene que ocultar. Y también en su cuerpo, bajo la camisa arrugada. Al pensar en eso, se ruboriza.

Al día siguiente, regresa con la esperanza inconfesada de volver a encontrárselo. Sin embargo, ese día no necesita libros, aún no ha acabado los que le está leyendo al *papà*. Al entrar en la sala de lectura, se queda petrificada: ahí está. En el mismo sitio que el día anterior. Alza la mirada hacia ella, como si la esperara. En ese instante, Giulia siente que el corazón va a salírsele del pecho.

El hombre se le acerca, tanto que Giulia puede notar su cálido y azucarado aliento. Quiere darle las gracias por el libro que le recomendó. No sabía qué regalarle, así que le ha llevado una botellita de aceite de oliva de la cooperativa en la que trabaja. Giulia lo mira conmovida; hay en él una mezcla de delicadeza y dignidad que la confunde. Es la primera vez que un hombre le produce ese efecto.

Sorprendida, coge la botellita. Él le explica que prensó las aceitunas personalmente, después de recogerlas. Cuando está a punto de irse, Giulia se arma de valor. Con las mejillas encendidas, le propone ir a dar un paseo por el malecón... El mar está cerca, el cielo, despejado...

El desconocido duda un momento antes de aceptar.

Kamaljit Singh —así se llama— no es un hombre hablador. Es un hecho que la sorprende; allí los hombres son charlatanes, les gusta hablar de sí mismos. El papel de las mujeres es escucharlos. Como le ha explicado su madre, al hombre hay que dejarlo brillar. Kamal es diferente. No se abre con facilidad. Sin embargo, a ella está dispuesto a contarle su historia.

De religión sij, abandonó Cachemira a los veinte años huyendo de la violencia ejercida contra los suyos en aquella región. Desde los sucesos de 1984, cuando el ejército indio ahogó en un baño de sangre las reivindicaciones de los independentistas, masacrando a los fieles en el Templo de Oro, el destino de los sijs está amenazado. Kamal llegó a Sicilia solo —son muchos los que optan por mandar a sus hijos a Occidente en cuanto alcanzan la mayoría de edad— una noche glacial. Fue acogido por la importante comunidad sij de la isla. Italia es el país europeo que más sijs recibe después de

Gran Bretaña, le explica Kamal. Empezó a trabajar a través del *caporalato*, una práctica que proporciona mano de obra barata a los empresarios. Le explica a Giulia cómo el *caporale* recluta y lleva a su lugar de trabajo a los indocumentados. Para cubrir los gastos de desplazamiento, la botella de agua y el mísero *panino* que les dan, se queda con un porcentaje de su salario, a veces hasta la mitad. Kamal recuerda haber trabajado por uno o dos euros la hora. Ha recogido todo lo que la tierra produce allí: limones, aceitunas, tomates cherry, naranjas, alcachofas, calabacines, almendras... Las condiciones de trabajo no son negociables. Lo que ofrece el *caporale* lo tomas o lo dejas.

Al final vio recompensada su paciencia: después de tres años pasados en la ilegalidad, consiguió el estatus de refugiado y un permiso de residencia permanente. Encontró un empleo nocturno en una cooperativa que produce aceite de oliva. Es un trabajo que le gusta. Le explica cómo peina las ramas de los olivos con una especie de rastrillo para recoger la fruta sin estropearla. Le gusta la compañía de esos árboles, muchos de ellos milenarios. Le confiesa que lo fascina su longevidad. La aceituna es un alimento noble, concluye sonriendo, un símbolo de paz.

Pero aunque la Administración ha regularizado su situación, el país no lo ha aceptado. La sociedad siciliana mira a los inmigrantes con recelo; los dos mundos conviven sin hablarse. Kamal confiesa que añora su tierra. Cuando habla de ella, la tristeza lo envuelve como un gran manto que flotara a su alrededor.

Ese día, Giulia vuelve al taller con dos horas de retraso. Para tranquilizar a la *nonna*, que empezaba a preocuparse, dice que se le ha pinchado una rueda de la bicicleta.

No es verdad, a la bicicleta no le ha pasado nada. Es su alma la que está a punto de zozobrar.

Sarah

Han soltado la bomba. Acaba de explotar en la consulta de ese médico un poco torpe, que no sabe cómo darle la noticia. Y eso que tiene experiencia, años de ejercicio a sus espaldas, pero nada, no se acostumbra. Tal vez sienta demasiada compasión por sus pacientes, todas esas mujeres jóvenes y no tan jóvenes que ven derrumbarse su vida en unos minutos ante la mención de la temida palabra.

BRCA2. Sarah lo sabrá después: es el nombre del gen mutante. La maldición de las mujeres askenazíes. Como si no hubieran tenido bastante, pensará ella. Sufrieron los pogromos y la Shoah. ¿Por qué ella y los suyos, otra vez? Lo verá escrito con todas las letras en un artículo médico: las mujeres judías askenazíes tienen una posibilidad entre cuarenta de desarrollar un cáncer de mama, frente a la posibilidad de una entre quinientas de la población femenina global. Es un hecho científicamente probado. Hay factores agravantes: un caso de cáncer entre los ascendientes directos, un embarazo de gemelos... Todas las señales estaban ahí, se dirá Sarah, visibles, evidentes. No las vio. O no las quiso ver.

Frente a ella está el médico, con las cejas negras y enmarañadas. Sarah no puede apartar los ojos de ellas. Es extraño, ese hombre al que no conoce está hablándole del tumor de la mamografía, del tamaño de una mandarina, precisa; pero Sarah no consigue concentrarse en lo que dice. Tiene la sensación de no percibir más que eso: esas cejas oscuras e hirsutas, parecidas a un territorio poblado de animales salvajes. También le salen pelos de las orejas. Meses después, cuando vuelva a pensar en ese día, ése será el primer recuerdo que tenga: las cejas del médico que le comunicó que tenía cáncer.

Por supuesto, no dijo la palabra, es una palabra que nadie pronuncia, una palabra que hay que adivinar detrás de las perífrasis, de la jerga médica bajo la que la sepultan. Es como si fuera un insulto, un tabú, algo maldito. Pero se trata de eso.

Del tamaño de una mandarina, dijo. Está ahí. Sí, ahí. Sin embargo, Sarah ha hecho todo lo posible por retrasar esa fecha límite, no reconocerse el dolor lancinante, la fatiga extrema. Ha ahuyentado la idea cada vez que se presentaba, cada vez que habría podido —¿debido?— formularla, pero hoy tendrá que hacerle frente. Está ahí, existe.

Una mandarina es enorme y a la vez ridícula, piensa Sarah. No puede evitar decirse que la enfermedad la ha atacado a traición, cuando menos se lo esperaba. El tumor es maligno, solapado, ha actuado con sigilo, en la sombra, ha preparado su golpe.

Sarah escucha al médico, ve moverse sus labios, pero sus palabras parecen no tocarla, como si las percibiera a través de una capa de guata, como si en el fondo no le concernieran. Por alguien cercano, estaría preocupada, asustada, hundida. Extrañamente, por sí misma está como si nada. Escucha al médico sin creerse lo que dice, como si le hablara de otra persona, de alguien que le fuera del todo indiferente.

Al final de la conversación, el hombre le pregunta si tiene alguna duda. Sarah niega con la cabeza y sonríe, con una sonrisa que conoce bien, que usa cada dos por tres, una sonrisa que quiere decir: «No se preocupe, todo se arreglará.» Por supuesto, es una engañifa, una máscara detrás de la que amontona la pena, la duda y la angustia; menudo mercadillo el que tiene ahí dentro, a decir verdad. Por fuera no se nota nada. La sonrisa de Sarah es tranquila, encantadora, perfecta.

No le pregunta al médico sus posibilidades, se niega a reducir su futuro a una estadística. Algunos lo quieren saber, Sarah, no. No dejará que las cifras se metan dentro de ella, de su conciencia, de su imaginario, serían capaces de proliferar, como el tumor mismo, de minarle la moral, la confianza, la curación.

En el taxi que la lleva de vuelta al bufete, hace un balance de la situación. Ella es una luchadora. Va a pelear. Sarah Cohen tratará ese asunto como ha tratado todos los demás. Ella, que no pierde un juicio nunca —o casi nunca—, no va a dejarse impresionar por una mandarina, por muy maligna que sea. En el caso «Sarah Cohen contra M.», porque ése va a ser su nombre en clave a partir de ahora, habrá ataques, contraataques y casi seguro también golpes bajos. La parte contraria no se dará por vencida con facilidad. Sarah lo sabe, la mandarina es traicionera, probablemente el adversario más retorcido al que ha tenido que enfrentarse. Será un proceso largo, una guerra de nervios, una sucesión de momentos de esperanza, de duda, y otros en los que quizá se crea vencida. Habrá que aguantar, cueste lo que cueste. Esa clase de combates se ganan resistiendo, Sarah lo sabe.

Esboza a grandes rasgos su estrategia de ataque a la enfermedad como estudiaría un caso. No dirá nada. A nadie. En el bufete, nadie debe saberlo. La noticia caería como una bomba entre el equipo y, lo que es peor, entre los clientes. Podría ponerlos nerviosos innecesariamente. Sarah es una de las bases, uno de los pilares del bufete, tiene que mantenerse firme para que el edificio entero no se tambalee. Además, no quiere la piedad, la compasión de los demás. Está enferma, sí, pero eso no es un motivo para que su vida cambie. Tendrá que organizarse muy bien para no despertar sospechas, inventar códigos secretos en su agenda para sus sesiones en el hospital, idear motivos para justificar sus ausencias. Tendrá que mostrarse imaginativa, metódica, astuta. Como la protagonista de una novela de espionaje. Sarah va a iniciar una guerra encubierta. Va a organizar el anonimato de su enfermedad, un poco como quien esconde una relación extramatrimonial. Sabe hacerlo, tiene años de práctica compartimentando su vida. Seguirá construyendo su muro, más alto, cada vez más alto. Después de todo, logró ocultar sus embarazos; conseguirá esconder el cáncer. Será su hijo secreto, su hijo ilegítimo; nadie debe sospechar de su existencia, inconfesable e invisible.

Cuando llega al bufete, Sarah retoma sus actividades. Disimuladamente, espía la reacción de sus compañeros, sus miradas, su tono de voz. Comprueba con alivio que nadie ha notado nada. No, no lleva la palabra «cáncer» escrita en la frente, nadie ve que está enferma.

Por dentro está hecha polvo, pero eso nadie lo sabe.

Smita

Irse.

La idea se le ha impuesto como un mandato divino. Tienen que irse del pueblo.

Lalita no volverá a la escuela. El maestro le pegó por negarse a barrer la clase delante de los demás. Con el tiempo, esos niños se convertirán en los granjeros cuyas letrinas tendrá que vaciar. De eso ni hablar. Smita no lo permitirá. Una vez oyó una frase de Gandhi, citada por un médico al que conoció en un dispensario del pueblo de al lado: «Nadie debe tocar con las manos los excrementos humanos.» Al parecer, el Mahatma declaró que el estatus de los intocables era ilegal, contrario a la Constitución y a los derechos humanos, pero después nada cambió. La mayoría de los *dalit* aceptan su destino sin rechistar. Otros se convierten al budismo para escapar del sistema de castas, como Babasaheb, el maestro espiritual de los *dalit*. Smita ha oído hablar de esas grandes ceremonias colectivas en las que miles de personas cambian de religión. Incluso se han promulgado leyes anticonversión para tratar de contener ese movimiento que debilita el poder de las autoridades: ahora los candidatos a convertirse deben conseguir una autorización si no quieren ser perseguidos judicialmente, lo que no deja de ser irónico; es como pedirle permiso al carcelero para evadirse.

Smita no es capaz de tomar ese camino. Siente demasiado apego por esas divinidades que sus padres veneraban antes que ella. Sobre todo, cree en la protección de Visnú, a quien dirige sus plegarias día y noche desde que nació. A él le confía sus sueños, sus dudas y sus esperanzas. Abandonarlo la haría sufrir demasiado, la ausencia de Visnú dejaría en ella un vacío imposible de llenar. Se sentiría aún más huérfana que cuando murieron sus padres. En cambio, no siente el menor apego por el pueblo que la ha visto crecer. Esa tierra manchada, que tiene que limpiar un día tras otro sin descanso, no le ha dado nada, no le ha ofrecido más que las ratas famélicas que Nagarajan lleva por la noche como un triste trofeo.

Irse, huir de allí. Es la única salida.

Por la mañana despierta a su marido. Nagarajan ha dormido profundamente; ella, en cambio, no ha pegado ojo. Envidia su sueño tranquilo; durante la noche, es un lago cuya superficie no perturba ningún remolino, mientras que ella se agita durante horas. La oscuridad no la libra de sus tormentos, al contrario: los amplifica, les da un terrible eco. En la negrura, todo parece dramático e irremediable. A menudo reza para que el torbellino de imágenes que no la dejan en paz se detenga. A veces se pasa la noche entera con los ojos abiertos como platos. Los hombres no son iguales ante el sueño, piensa. Los hombres no son iguales ante nada.

Nagarajan se despierta entre gruñidos. Smita lo saca de la cama. Ha estado pensando: hay que irse del pueblo. No pueden esperar nada de esa vida, de una vida que se lo ha quitado todo. Para Lalita no es demasiado tarde, la suya no ha hecho más que empezar. Lo tiene todo, menos lo que los demás le quieren robar. Smita no permitirá que lo hagan.

Mi mujer desvaría, piensa Nagarajan, ha vuelto a pasar una mala noche. Smita le insiste: tienen que irse a la ciudad. Dicen que allí reservan plazas en las escuelas y las universidades para los *dalit*. Plazas para gente como ellos. Allí Lalita tendrá una oportunidad. Nagarajan niega con la cabeza: la ciudad es una fantasía, un sueño absurdo. Allí los *dalit* no tienen dónde refugiarse, se amontonan en las aceras, o en los poblados de chabolas que proliferan a las afueras de las aglomeraciones urbanas como verrugas en un pie. Ahí al menos tienen un techo y algo que echarse a la boca. Smita se indigna: comen ratas y recogen mierda. En la ciudad encontrarán trabajo, vivirán con dignidad. Ella está dispuesta a aceptar el reto, es valiente, sufrida, aceptará lo que le ofrezcan, cualquier cosa antes que esa vida. Se lo suplica. Por ella. Por ellos. Por Lalita.

Ahora Nagarajan está totalmente despierto. ¡¿Es que se ha vuelto loca?! ¿Acaso cree que puede disponer de su vida de ese modo? Entonces le recuerda aquella terrible historia que conmocionó al pueblo hace algún tiempo. La hija de uno de sus vecinos, *dalit* como ella, decidió irse a estudiar a la ciudad. Los *jat* le dieron alcance cuando huía campo a través. La llevaron a un sitio apartado y, entre ocho, la violaron durante dos días. Cuando volvió a casa, apenas podía andar. Sus padres fueron a denunciar los hechos al Panchayat, el consejo del pueblo, que allí es la autoridad. Por supuesto, está en manos de los *jat*. Entre sus miembros no hay ninguna mujer ni ningún *dalit*, como debería ser el caso. Sus decisiones tienen fuerza de ley, incluso si son contrarias a la Constitución india. Esa justicia paralela nunca se discute. El consejo ofreció a la familia un puñado de billetes como compensación a cambio de que retiraran la denuncia, pero la joven rechazó el dinero de la vergüenza. Su padre intentó apoyarla, pero no pudo resistir la presión de la comunidad y acabó quitándose la vida, lo que dejó a su familia sin recursos y condenó a su mujer a la terrible condición de viuda. Ella y sus hijos fueron obligados a abandonar su casa y expulsados del pueblo. Acabaron en la penuria más absoluta, al borde de una carretera, en una cuneta.

Smita conoce esa historia. No necesita que se la recuerden. Sabe que allí, en su país, las víctimas de violación son consideradas culpables. No hay respeto para las mujeres, y menos aún si son intocables. Esos seres a los que no se puede tocar, ni siquiera mirar, son violados sin contemplaciones. Al hombre que tiene deudas se lo castiga violando a su mujer; al que se acuesta con una mujer casada, violando a sus hermanas. La violación es un arma poderosa, un arma de destrucción masiva. Hay quien habla de epidemia. Una decisión reciente de un consejo de pueblo saltó a los titulares cerca de allí: dos jóvenes fueron condenadas a ser desnudadas y violadas en público para expiar el crimen de su hermano, que había huido con una mujer casada de una casta superior. La sentencia se ejecutó.

Nagarajan intenta razonar con Smita. Huir es garantía de represalias terribles. Y también la tomarán con Lalita. La vida de una niña no vale más que la suya. Las violarán y las colgarán de un árbol a ambas, como hicieron con dos mujeres *dalit* de un pueblo cercano hace un mes. Smita ya ha oído la cifra, que la hizo estremecer: dos millones de mujeres asesinadas en el país todos los años. Dos millones, víctimas de la barbarie de los hombres, muertas en medio de la indiferencia general. Al mundo entero le trae sin cuidado. El mundo las ha abandonado.

¿Qué cree que es ella frente a esa violencia, frente a esa avalancha de odio? ¿Piensa que podrá escapar de eso? ¿Se cree más fuerte que las demás?

Pero esos argumentos aterradores no someten la determinación de Smita. Se irán de noche. Hará los preparativos a escondidas. Se marcharán a Benarés, la ciudad sagrada, a cien kilómetros, y allí se subirán a un tren para atravesar India hasta llegar a Chennai, donde viven unos primos de su madre que los ayudarán. Es una ciudad a la orilla del mar, cuentan que un hombre creó una comunidad de pescadores para los *scavengers*, la gente como ella. También hay escuelas para los niños *dalit*. Lalita aprenderá a leer y escribir. Encontrarán trabajo. No tendrán que comer más ratas.

Nagarajan la mira de hito en hito, con incredulidad. ¿Con qué dinero pagarán el viaje? Los billetes de tren valen más que todas sus pertenencias juntas. Le dieron sus escasos ahorros al brahmán para mandar a Lalita a la escuela, no les queda nada. Smita baja la voz, está agotada tras noches sin dormir, pero extrañamente, ahí, en la oscuridad de la choza, parece más fuerte que nunca. Hay que recuperar el dinero. Sabe dónde está. Una vez, al entrar en casa del brahmán para vaciar las letrinas, vio a su mujer guardando dinero en la cocina. Ella va allí todos los días, bastarían unos instantes para... Nagarajan estalla. Pero ¿qué *asura*[1] se ha apoderado de ella? ¡Su terrible idea hará que los maten, a ella y a toda la familia! ¡Prefiere cazar ratas toda su vida y padecer la rabia antes que secundarla en sus planes insensatos! Si la descubren, morirán todos, y de la peor manera posible. Es un juego peligroso que no vale la pena. En Chennai hay tan poca esperanza para ellos como en cualquier otro sitio. La esperanza no está en esta vida, sino en la siguiente. Si se portan bien, puede que el ciclo de las reencarnaciones se compadezca de ellos. En secreto, Nagarajan sueña con reencarnarse en rata, pero no en una de ésas hirsutas y famélicas que caza en los campos con las manos desnudas y asa por la noche, sino en una de

---

1. Ser demoníaco en la mitología india.

las ratas sagradas del templo de Deshnoke, cerca de la frontera con Pakistán, al que su padre lo llevó cuando era niño: en el templo hay más de veinte mil ratas pardas consideradas divinas, a las que la población protege y alimenta, llevándoles leche. Están al cuidado del sacerdote. La gente acude desde todas partes con ofrendas. Nagarajan recuerda la historia de la diosa Karminata que le contó su padre: Karminata perdió a un hijo y suplicó que se lo devolvieran, pero se había reencarnado en rata. El templo fue construido en honor de ese hijo perdido. A fuerza de pasarse el día cazando roedores en los campos, Nagarajan ha acabado encariñándose con ellos, que se han vuelto extrañamente familiares para él, en cierto modo como le ocurre al agente de la ley con el bandido al que lleva persiguiendo toda la vida; al final siente respeto por él. En el fondo, esas criaturas son como yo, tienen hambre e intentan sobrevivir, se dice. Sí, sería maravilloso reencarnarse en rata del templo de Deshnoke y pasarse la vida bebiendo leche. Es una idea que a veces, después de la jornada de trabajo, lo consuela y lo ayuda a dormir. Es una nana peculiar, pero qué más da, es la suya.

Smita no está dispuesta a esperar hasta la próxima vida. La que quiere es ésta, ahora, para Lalita y para ella. Recuerda a Kumari Mayawati, la *dalit* que alcanzó las más altas cumbres del Estado y ahora es la mujer más rica del país. ¡Una intocable convertida en gobernadora! Dicen que se desplaza en helicóptero. Ella no se doblegó, no esperó a que la muerte la librara de esta vida, luchó, por sí misma y por todos ellos. Nagarajan se enfada aún más: Smita sabe perfectamente que nada ha cambiado; esa mujer, que ascendió predicando la causa de los *dalit*, ya no tiene nada que ver con ellos. Los ha abandonado. Vuela por los aires mientras ellos se arrastran por la mierda, ¡ésa es la verdad! Nadie los sacará de ahí, de esa vida, de ese karma, ni Mayawati ni nadie, sólo los liberará la muerte. Mientras tanto, seguirán ahí, en el pueblo en el que nacieron y siempre han vivido. Con esas palabras, que asesta como un machetazo, Nagarajan sale de la choza.

De acuerdo, se dice Smita. Si no quieres acompañarnos, me iré sin ti.

Giulia

Palermo, Sicilia

Ahora todo lo que vive
tiene voz y sangre.
Ahora tierra y cielo
son un estremecimiento fuerte:
la esperanza los tuerce,
los trastorna la mañana,
los sumerge tu paso,
tu aliento de aurora.[2]

Ahora Kamal y Giulia se ven todos los días. Se han acostumbrado a encontrarse en la biblioteca a la hora de comer. Luego suelen ir a pasear a la orilla del mar. A Giulia la intriga ese hombre que no se parece en nada a los que conoce, los sicilianos: no tiene ni su aspecto ni sus modales, y quizá sea eso lo que le gusta. Los hom-

---

2. Cesare Pavese, fragmento del poema «You, Wind of March», en *Poesías completas*. Traducción de Carles José i Solsora.

bres de su familia son autoritarios, charlatanes, irascibles y tercos. Kamal es todo lo contrario.

Nunca está segura de que lo vaya a encontrar allí. A mediodía, al entrar en la sala de lectura, lo busca con la mirada. Unos días está. Otros, no. Y esa deliciosa incertidumbre no hace más que aumentar la curiosidad de Giulia. Siente un hormigueo en el estómago que la despierta por la noche, una sensación nueva y deliciosa. Lee y relee los poemas de Pavese, cuyas palabras son el único remedio para esa necesidad de él que ya tiene.

Ocurre un mediodía, mientras están paseando. Giulia lo lleva un poco más lejos que de costumbre, a una playa a la que no van los turistas. Quiere enseñarle un sitio al que a veces va a leer. Es una cueva que nadie conoce, le dice. Al menos, a ella le gusta pensar eso.

A esa hora, la cala está desierta. La gruta es tranquila, húmeda y oscura, a resguardo del mundo. Sin decir palabra, Giulia se desnuda. El vestido de verano se desliza hasta sus pies. Kamal se queda inmóvil, paralizado como ante una flor que dudara en coger por miedo a estropearla. Giulia le tiende la mano con un gesto que más que de ánimo es de invitación. Muy despacio, Kamal desenrolla su turbante y se quita una especie de peineta con la que mantiene sujetos los cabellos. Se despliegan como una madeja de lana hasta su cintura. Giulia empieza a temblar. Nunca ha visto a un hombre con el pelo tan largo; allí son las mujeres quienes lo llevan así, pero Kamal no tiene nada de femenino. A Giulia le parece increíblemente viril con esa cabellera negra como el azabache. Él la besa con delicadeza, como si besara los pies de un ídolo; apenas se atreve a tocarla.

Giulia nunca ha conocido nada así. Kamal hace el amor con los ojos cerrados, como si rezara, como si la vida le fuera en ello. Las noches de trabajo le han encallecido las manos, pero su cuerpo es muy suave, como un gran pincel cuyo mero contacto la hace estremecer.

Después de hacer el amor, permanecen abrazados largo rato. En el taller, las mujeres se burlan de los hombres que se duermen en ese momento. Pero Kamal no es de ésos. La mantiene apretada contra él, como un tesoro del que no quiere separarse. Giulia podría quedarse horas así, con su cuerpo ardiendo contra el de Kamal y su piel blanca contra la suave y oscura piel.

Empiezan a verse allí, en la gruta, junto al mar. Como Kamal trabaja de noche en la cooperativa y Giulia de día en el taller, se encuentran a la hora de comer. Hacen el amor a mediodía y sus caricias tienen el sabor de los momentos robados. Sicilia entera está en el trabajo, ajetreada en oficinas, bancos, mercados... Ellos no. Esas horas les pertenecen, las usan y abusan de ellas, se cuentan los lunares, hacen inventario de sus cicatrices, saborean cada milímetro de la piel del otro. El amor no se hace igual de día que de noche, descubrir un cuerpo a plena luz tiene algo de temerario, algo especialmente brutal.

A Giulia, encontrarse así con Kamal le hace pensar en las parejas a las que veía de niña bailando en las verbenas de verano: juntarse, tocarse, alejarse... Ésos son los pasos de baile de su relación, marcada por las idas y venidas a sus respectivos trabajos, de día, de noche. Un desajuste frustrante, aunque romántico.

Kamal es un hombre misterioso. Giulia no sabe nada de él, o casi nada. Nunca habla de su vida anterior, la que tuvo que abandonar para ir allí. Ante el espectáculo del mar, a veces su mirada se pierde. En esos momentos, el manto de tristeza reaparece y lo envuelve por completo. Para Giulia, el agua es la vida, una fuente de placer renovado sin cesar, una forma de sensualidad. Le gusta nadar, sentir el agua resbalando por su cuerpo. Un día intenta arrastrarlo al mar, pero Kamal se niega a bañarse. «El mar es un cementerio», le dice, y Giulia no se atreve a preguntarle. No sabe nada sobre lo que ha vivido, sobre lo que el agua le ha robado. Quizá un día se lo cuente. O quizá no.

Cuando están juntos, no hablan del pasado ni del porvenir. Giulia no espera nada de él, aparte de esas horas robadas a la tarde. Lo único que importa es el momento presente, el momento en que sus cuerpos se entrelazan para no ser más que uno, como dos piezas de un puzle que encajan a la perfección la una en la otra.

Aunque nunca habla de sí mismo, a Kamal le gusta recordar su país. Giulia se pasaría horas enteras escuchándolo. Es como un libro abierto a unos parajes que le son deliciosamente desconocidos. Cierra los ojos y tiene la sensación de subir a un barco en el que es la única pasajera. Kamal habla de las montañas de Cachemira, de las orillas del río Jhelum, del lago Dal y sus hoteles flotantes, del color rojo de los árboles en otoño, de los exuberantes jardines, de los tulipanes que se extienden al pie del Himalaya hasta donde alcanza la vista... Giulia le pregunta, quiere saber más, cuéntame, le dice, cuéntame más. Kamal le habla de su religión, de sus creencias, del Rehat Maryada, el código de conducta de los sijs, que les prohíbe cortarse el pelo y la barba, además de beber, fumar, comer carne o practicar juegos de azar. Le habla de su dios, que predica una vida recta y pura, un dios único y creador que no es ni cristiano ni hindú ni de ninguna otra confesión, que es UNO, simplemente. Los sijs piensan que todas las religiones pueden llevar a él y que, en consecuencia, todas merecen respeto. A Giulia le gusta la idea de esa fe sin pecado original, sin cielo ni infierno. Para Kamal el cielo y el infierno sólo existen en este mundo, y ella se dice que tiene razón.

La religión sij, le explica a Giulia, considera que el alma del hombre y de la mujer son iguales. Trata del mismo modo a los dos sexos. Las mujeres pueden recitar los himnos divinos en el templo y oficiar todas las ceremonias, por ejemplo, la del bautismo. Tienen que ser respetadas y honradas por su papel en la familia y en la sociedad. Un sij debe ver a la mujer de otro como una hermana o una madre, y a la hija de otro, como si fuera su propia hija. Signo revelador de esa igualdad, los nombres de pila sijs son mixtos: los utilizan indiferentemente hombres y mujeres, que sólo se distinguen por el segundo nombre: *Singh*, que significa «león», para los hombres, y *Kaur*, que Kamal traduce como «princesa», para las mujeres.

Principessa.

A Giulia le gusta que Kamal la llame así. Cada vez le cuesta más separarse de él para volver al taller. Sería maravilloso pasar días enteros a su lado, se dice. Días y también noches. Le parece que podría quedarse allí toda la vida, haciendo el amor y escuchándolo.

Sin embargo, sabe que no debería estar allí. Kamal no tiene el mismo color de piel ni el mismo dios que los Lanfredi. Giulia se imagina lo que diría su madre: ¡Un hombre de piel oscura, que ni siquiera es cristiano! Se sentiría humillada. La noticia se extendería por el barrio.

Así que Giulia ama a Kamal en secreto. Su amor es clandestino. Es un amor sin papeles.

Después de la pausa de la comida, Giulia vuelve al taller cada vez más tarde. La *nonna* empieza a sospechar. Ha advertido esa sonrisa en su cara, ese brillo nuevo en sus ojos. Se supone que va todos los días a la biblioteca, pero vuelve sin aliento, con las mejillas encendidas. Una tarde, a la *nonna* incluso le parece ver arena en su pelo, bajo el pañuelo... Las trabajadoras empiezan a murmurar: ¿Tendrá novio? ¿Quién será? ¿Un chico del barrio? ¿Será más joven? ¿Mayor que ella? Giulia lo desmiente con una insistencia que es casi una confesión.

¡Pobre Gino!, suspira Alda, ¡se le partirá el corazón! Allí todas saben que Gino Battagliola, el dueño de la peluquería del barrio, está loco por Giulia. Hace años que la corteja. Todas las semanas va al taller a vender el pelo que corta. A veces pasa sin motivo, sólo para saludarla. Allí todas hacen broma sobre eso. Se burlan de los regalos que le lleva en vano. Giulia no cede, pero Gino no pierde la esperanza y vuelve una y otra vez con los brazos cargados de *buccellatini* de higos, que las trabajadoras se comen con apetito.

Todas las tardes, después de cerrar, Giulia acude a la cabecera de su padre para leerle libros. A veces se culpa por sentirse tan viva en medio de aquella tragedia. Su cuerpo es feliz, se estremece, goza como nunca había hecho mientras él se debate entre la vida y la muerte. Sin embargo, Giulia necesita agarrarse a eso para seguir adelante, para no ceder al dolor y el abatimiento. La piel de Kamal es un bálsamo, un ungüento, un remedio contra las penas del mundo. A ella le gustaría no ser más que eso, un cuerpo entregado al placer, porque el placer la mantiene en pie, la mantiene viva. Se halla dividida entre sentimientos incompatibles, tan pronto abatida como exultante. Al igual que un funambulista en la cuerda floja, tiene la sensación de oscilar a merced del viento. La vida es así, se dice, a veces junta los momentos más sombríos y los más luminosos. Da y quita al mismo tiempo.

Hoy la *mamma* le ha hecho un encargo, buscar un papel en el escritorio de su padre, en el taller. El hospital le pide un documento con el que no consigue dar; *Dio mio*, qué complicado es todo esto, se lamenta. Giulia no tiene valor para negarse. Sin embargo, no le apetece nada entrar en ese despacho. No ha vuelto a pisarlo desde el accidente. No quiere que nadie toque las cosas de su padre. Le gustaría que, cuando salga del coma, lo encuentre todo como lo dejó. Así sabrá que todo el mundo lo esperaba.

Empuja la puerta de la sala de proyección transformada en despacho. Tarda unos instantes en entrar. De una de las paredes cuelga una foto enmarcada de Pietro, al lado de las de su padre y su abuelo, las tres generaciones de Lanfredi que se han sucedido al frente del taller. Un poco más lejos, hay otras fotografías clavadas con simples chinchetas: Francesca de bebé, Giulia, en la Vespa, Adela, el día de su comunión, la *mamma*, vestida de novia, con una sonrisa un poco tensa... También está el Papa, no Francisco, sino Juan Pablo II, el más admirado.

El despacho está tal como lo dejó su padre la mañana del accidente. Giulia mira el sillón, los archivadores, el cenicero de arcilla en el que apaga las colillas, que modeló ella misma para regalárselo cuando era niña. Su universo parece vaciado de su sustancia y, al mismo tiempo, extrañamente habitado. En el escritorio, la agenda está abierta en una página terrible, la del 14 de julio. Giulia se siente incapaz de pasarla. Es como si, de pronto, su padre estuviera ahí todo entero, en esa agenda Moleskine con las tapas de cuero negro, como si quedara un poco de él entre las líneas del cuaderno, en la tinta de esas palabras, hasta en esa manchita congelada en el papel, en el extremo inferior de la página. Giulia tiene la sensación de que está ahí, en cada partícula de aire, en cada átomo del mobiliario.

Por un momento, está tentada de dar media vuelta y marcharse. Pero no se mueve. Le ha prometido a la *mamma* que le llevaría ese papel. Lentamente, abre el primer cajón y después el segundo. El tercero, el de abajo, está cerrado con llave. Giulia se sorprende. Tiene un pálpito. El *papà* no tiene secretos, en casa de los Lanfredi no hay nada que ocultar... Entonces, ¿por qué está cerrado ese cajón?

Las preguntas empiezan a agolparse en su cabeza. Su imaginación galopa como un caballo desbocado. ¿Tendría acaso una amante? ¿Una doble vida? ¿Se habría dejado enredar en los tentáculos de la *Piovra*? Los Lanfredi no son de ésos... Entonces, ¿por qué la asalta la duda, como una premonición, como una nube negra que oscurece su horizonte?

Tras una breve búsqueda, acaba encontrando la llave en una caja de cigarros, regalo de la *mamma*. Giulia se estremece. ¿Tiene derecho a estar ahí siquiera? Aún puede irse y desentenderse del asunto...

Con mano temblorosa, hace girar la llave. El cajón se abre al fin: contiene un montón de papeles. Giulia los coge.

De pronto, el suelo se abre bajo sus pies.

Sarah

Al principio, su plan funcionó.

Sarah cogió dos semanas de permiso para la operación. El médico insistía en que necesitaba tres, una de hospitalización y dos de reposo absoluto, pero Sarah redujo estas últimas a una. Simplemente, no podía coger más sin despertar sospechas en el bufete. Hace dos años que no se va de vacaciones, en esa época los niños ni siquiera tienen fiesta, ¿quién se tomaría tres semanas en pleno mes de noviembre, cuando los juicios caen sobre la ciudad como la nieve?

No le dijo nada a nadie, ni en el bufete ni en casa. A sus hijos les explicó que tenían que hacerle «una intervención»; «nada grave», añadió para no preocuparlos. Se las arregló para que los gemelos pasaran esa semana en casa de su padre, y Hannah —que protestó, pero al final tuvo que ceder—, en la del suyo. Sarah les dejó claro que no podrían ir a verla al hospital, asegurando que no permitían entrar a los niños. Una mentirijilla de nada, se dijo para suavizar el pinchazo que sintió en el corazón. Quería protegerlos de ese sitio, de ese infierno blanco lleno de olores acres: si hay algo que no soporta del hospital son los olores, esa mezcla de desinfectante y lejía que le revuelve el estómago. No quería que sus pequeños la vieran así, vulnerable, débil.

Hannah, en especial, es tan sensible... Tiembla como una hoja al menor soplo de aire. Sarah descubrió muy pronto en su hija esa predisposición a la empatía. Sintoniza con el sufrimiento del mundo, que se echa sobre las espaldas y hace suyo. Es como un don, como un sexto sentido. De pequeña se echaba a llorar en cuanto veía que otro niño se había hecho daño o lo reñían. Lloraba con los reportajes de la televisión y los dibujos animados. A veces Sarah se preocupa: ¿qué hará con eso, con esa sensibilidad exacerbada que la expone a las mayores alegrías y los mayores sufrimientos? Le gustaría tanto decirle: protégete, blíndate, el mundo es duro, la vida es cruel, no permitas que te conmueva, no te dejes maltratar, sé como ellos, egoísta, insensible, imperturbable.

Sé como yo.

Pero sabe que su hija es un alma sensible, que hay que contar con eso. Así que no, no podía decírselo. A sus doce años, Hannah habría entendido perfectamente lo que implicaba la palabra «cáncer». Sobre todo, habría entendido que la batalla no estaba ganada por adelantado. Sarah no quería hacer que cargara con ese peso, con esa angustia, que son inseparables de la enfermedad.

Por supuesto, no podrá mentir eternamente. Sus hijos acabarán haciéndole preguntas. Y entonces tendrá que hablar, explicárselo. Pero cuanto más tarde, mejor, se dice Sarah. Puede que sólo esté retrasando lo inevitable, pero es su manera de hacer las cosas.

A su padre y a su hermano tampoco les dice nada. Su madre murió de lo mismo hace veinte años. No quiere obligarlos a recorrer otra vez ese calvario, esas montañas rusas emocionales: esperanza, desesperación, mejora, recaída... Sabe muy bien qué significan esas palabras. Luchará sola y en silencio. Se cree lo bastante fuerte como para hacerlo.

En el bufete, nadie se ha dado cuenta de nada. A Inès sólo le pareció cansada: está un poco pálida, le dijo cuando volvió del permiso. Por suerte es invierno, los cuerpos están ocultos, cubiertos con camisas, jerséis, abrigos... Sarah se guarda mucho de llevar escote, se maquilla un poco más que antes y asunto concluido. Ha ideado un ingenioso sistema de códigos para su agenda: unas siglas para las sesiones en el hospital (RDV H), otras para las pruebas, extracciones y radiografías, que siempre programa entre el mediodía y las dos (Comida R), y así sucesivamente. Sus colaboradores acabarán creyendo que tiene un amante. Para ser sincera, la idea no le disgusta. A veces se imagina que va a encontrarse con un hombre a la hora de comer... Un hombre solitario, en una ciudad a orillas del mar... Sería tan bonito... Sus fantasías se detienen ahí y la devuelven de manera inexorable al hospital, al tratamiento, a las pruebas. En el equipo de los júniors, no paran de hacer cábalas: Hoy ha vuelto a salir... Ayer, parte de la tarde... Sí, apaga el portátil... ¿Tendrá Sarah Cohen una vida fuera del bufete? ¿Con quién se encontrará a mediodía, por la mañana, a veces por la tarde? ¿Será un compañero? ¿Un socio? Inès se inclina por un hombre casado, otro sugiere que se trata de una mujer. Si no, ¿por qué tantas precauciones? Sarah continúa con sus idas y venidas, imperturbable. Su plan parece funcionar.

Al menos de momento.

Lo que va a traicionarla es un detalle, como los que suelen delatar al asesino en las historias policiacas. La madre de Inès está enferma. Sarah debería haberlo sabido. Pensándolo bien, la informaron, hace mucho tiempo, el año anterior. Sarah dijo que lo sentía mucho y luego no volvió a acordarse; el dato se perdió en el limbo de su cerebro desbordado. ¿Quién puede culparla, con todo lo que tiene en la cabeza? Si se hubiera parado un momento ante la máquina de café, en los pasillos, o se hubiera sentado para almorzar —algo que nunca hace—, la información le habría vuelto a la cabeza. Pero sus conversaciones con los demás se limitan a lo estrictamente profesional. No es desdén ni hostilidad, sino más bien falta de tiempo y de disponibilidad. Sarah no cuenta nada de su vida privada ni se mete en la de los demás. Que cada uno se preocupe de su jardín secreto. En otras circunstancias, en otra vida, habría podido trabar amistad con sus compañeros, incluso intimar con algunos. Pero en ésta sólo hay sitio para el trabajo. Con sus colaboradores siempre se muestra afable; cercana, nunca.

Inès es su viva imagen. No se abre, no se explaya sobre su vida. Es una cualidad que Sarah valora. En Inès cree reconocer a la joven abogada que ella fue en otros tiempos. La eligió personalmente, durante las entrevistas para contratar colaboradores júniors. Inès se ha mostrado meticulosa, trabajadora, muy eficaz. Es la más brillante del grupo. Llegará lejos, le dijo Sarah un día, «si sabe emplear los medios adecuados».

En esas condiciones, ¿cómo iba a saber que, justo ese día, Inès llevaría a su madre a hacerse una prueba al hospital?

En la página de su agenda, Sarah ha apuntado «RDV H». «H» no es un Hombre ni Henry, del departamento de Contabilidad, ni siquiera Herbert, el joven y guapo colaborador del equipo de al lado, que tanto se parece a ese famoso actor estadounidense. No, «H» es simplemente el doctor Haddad, el oncólogo de Sarah, que por desgracia no tiene nada de hollywoodiense.

La semana pasada, cuando Inès pidió tomarse de manera excepcional el día libre, Sarah no tuvo inconveniente. Tomó nota mental y luego lo olvidó (desde hace algún tiempo, hay cosas que se le escapan; seguramente, el culpable es su estado de agotamiento).

En unos instantes, van a encontrarse las dos en la sala de espera del servicio de oncología del hospital universitario. En sus caras se dibujará la misma expresión de sorpresa. Sarah se quedará muda. Para salir del apuro, Inès le presentará a su madre.

Te presento a Sarah Cohen, la socia con la que trabajo.

Encantada, señora.

Sarah será educada, no dejará traslucir su incomodidad. Inès no necesitará mucho tiempo para comprender qué hace su jefa allí, en aquel pasillo del servicio de oncología, en plena tarde un día entre semana, con unas radiografías bajo el brazo. En un instante, todo se desmontará: la aventura, el hombre casado, las comidas de enamorados, las citas secretas, los revolcones de cinco a siete... Sarah quedará desenmascarada.

En un intento bastante torpe de salir del atolladero, finge que se ha equivocado de sala, que ha ido a ver a una amiga. Sabe que no engaña a Inès, que no tarda en reconstruir el puzle: el permiso de quince días el mes anterior, que sorprendió a todo el mundo, las entrevistas fuera de la oficina que encadena desde hace poco, la palidez, la delgadez, el desmayo en el tribunal... otros tantos indicios que empiezan a adquirir tintes de pruebas, de elementos incriminatorios.

A Sarah le gustaría desaparecer, evaporarse, salir volando como uno de esos superhéroes con poderes asombrosos que tanto les gustan a los gemelos. Demasiado tarde.

De pronto se siente idiota por temblar ante una colaboradora júnior, como si la hubiera pillado en falta. Tener cáncer no es un crimen. Además, no tiene por qué justificarse ante Inès, no le debe nada, ni a ella ni a nadie.

Impaciente por poner fin al incómodo silencio que se ha instalado entre ellas, Sarah se despide de la joven y de su madre y se aleja con un paso que quisiera que fuera tranquilo. Mientras regresa al taxi, la inquieta una pregunta: ¿Qué hará Inès con esa información? ¿La divulgará? Está tentada de volver sobre sus pasos, buscarla por los pasillos y rogarle que no diga nada. Pero se lo prohíbe. Eso supondría admitir que es vulnerable, le daría poder a Inès, un ascendiente sobre ella.

Adopta una estrategia totalmente distinta: al día siguiente, al llegar al bufete, llamará a Inès y le propondrá que sea su adjunta en el caso Bilgouvar, el más difícil del momento, para el cliente más importante del bufete. Un ascenso, sin duda, una oferta inesperada que la joven colaboradora no podrá rechazar. Se sentirá halagada, en deuda con ella. Mejor aún, dependerá de ella. Una forma hábil de comprar su silencio, se dice Sarah, de asegurarse su lealtad. Inès es ambiciosa, comprenderá que no le interesa hablar y despertar hacia sí las iras de una socia.

Sarah abandona el hospital, tranquilizada por ese plan que acaba de urdir. Es casi perfecto.

Sólo olvida una cosa, a pesar de haberla aprendido durante años de práctica: cuando se nada entre tiburones, más vale no sangrar.

Mi obra avanza despacio,
como un bosque que crece en silencio.
Es un trabajo delicado el mío,
una tarea de la que nada debe distraerme.

Pero no me siento sola
encerrada en mi taller.

A veces dejo a mis dedos con su extraño ballet
y pienso en esas vidas que nunca viviré,
en los hermosos viajes que nunca he realizado,
en las caras con las que no me he cruzado.

Soy sólo un eslabón de la cadena,
un modesto eslabón, nada más, y, no obstante,
tengo la sensación de que mi vida es esto:
estos tres hilos tensos que tengo aquí delante,
estos cabellos suaves que bailan entre mis dedos.

Smita

Nagarajan se ha dormido. Tumbada a su lado, Smita contiene la respiración. La primera hora de sueño de su marido siempre es agitada. Smita sabe que tiene que esperar si no quiere despertarlo.

Se va esta noche. Lo ha decidido. O más bien la vida lo ha decidido por ella. No pensaba poner en práctica su plan tan pronto, pero la oportunidad se ha presentado como un regalo caído del cielo: a la mujer del brahmán se le ha infectado una muela y ha tenido que ausentarse para ir al médico del pueblo esta misma mañana. Smita estaba vaciando el agujero hediondo que les sirve de letrina cuando la ha visto salir de casa. Sólo ha tenido unos segundos para decidirse: una oportunidad como ésa no volvería a presentarse. Con sigilo, se ha deslizado en la antecocina y ha levantado la jarra del arroz, bajo la que el matrimonio guarda sus ahorros. No es un robo, se ha dicho, sino recuperar lo que es mío, una devolución justa. No ha cogido más que la cantidad exacta que le dieron al brahmán, ni una rupia más. La idea de robarle una sola moneda a alguien, por muy rico que sea, va contra todos sus principios, porque entonces Visnú montaría en cólera. Smita no es una ladrona, preferiría morirse de hambre antes que robar un huevo.

Se ha guardado el dinero bajo el sari y se ha afanado a volver a casa. De forma apresurada, ha cogido unas cuantas cosas, las estrictamente necesarias, no hay que llevarse demasiadas. Ni Lalita ni ella son fuertes, no deben ir muy cargadas. Unos cuantos vestidos y víveres, arroz y *papadums*[3] para el viaje, preparados a toda prisa mientras Nagarajan estaba en el campo. Smita sabe que no las dejará irse. No han vuelto a hablar de su idea, pero conoce su parecer. No tiene más elección que esperar hasta la noche para ejecutar el plan y rezar para que la mujer del brahmán no se dé cuenta de nada hasta entonces. En cuanto vea que ha desaparecido el dinero, la vida de Smita estará en peligro.

Se arrodilla ante el pequeño altar dedicado a Visnú y reza para pedirle protección. Le ruega que vele por ella y por su hija durante su largo viaje, esos dos mil kilómetros que recorrerán a pie, en autobús y en tren hasta Chennai. Un viaje agotador, peligroso, de final incierto. Smita siente que una corriente cálida la atraviesa, como si de pronto no estuviera sola, como si hubiera millones de intocables arrodillados ahí, delante del altarcito, rezando con ella. Así que le hace una promesa a Visnú: si consiguen escapar, si la mujer del brahmán no nota nada,

---

3. Galletas fritas a base de harina de judías.

si los *jat* no las atrapan, si llegan a Benarés, si suben al tren, si al final llegan allí abajo, al sur, con vida, irán a rendirle homenaje al templo de Tirupati. Smita ha oído hablar de ese lugar mítico, en la montaña de Tirumala, a menos de doscientos kilómetros de Chennai, como del mayor centro de peregrinaje del mundo. Dicen que cada año acuden millones de personas a hacer sus ofrendas a Shri Venkateswara, el Señor de la Montaña, una forma muy venerada de Visnú. Su dios, ese dios protector, no las abandonará, lo sabe. Coge la pequeña y gastada imagen ante la que reza, una representación coloreada del dios de los cuatro brazos, y se la desliza bajo el sari, junto a su cuerpo. Teniéndolo consigo, ya no hay nada que temer. De repente, es como si un manto invisible cayera sobre sus hombros y la envolviera para protegerla del peligro. Cubierta con él, Smita es invencible.

El pueblo se ha sumido en la oscuridad. Nagarajan respira con regularidad y de sus fosas nasales escapan leves ronquidos. No es un borborigmo agresivo, más bien un ronroneo suave, como el de un cachorro de tigre acurrucado contra el vientre de su madre. Smita siente que se le encoge el corazón. Quería a ese hombre, se había acostumbrado a su presencia tranquilizadora junto a ella. Le reprocha su falta de valentía, el amargo fatalismo con el que ha recubierto su vida. Le habría gustado marcharse con él. Dejó de quererlo en el instante en que se negó a luchar. El amor es volátil, se dice, a veces se va como vino, con un batir de alas.

Cuando aparta las sábanas, siente vértigo. ¿No es una insensatez emprender ese viaje? Si no fuera tan rebelde, tan poco dócil, si esa mariposa no agitara las alas en su estómago, podría renunciar y aceptar su destino, como Nagarajan y sus hermanos *dalit*. Volver a acostarse y esperar el amanecer en un aletargamiento sin sueños, como se espera la muerte.

Pero ya no puede retroceder. Ha cogido el dinero de debajo de la jarra del brahmán, es imposible volver atrás. Hay que lanzarse de cabeza a ese viaje que la llevará lejos, o quizá a ninguna parte. Lo que le da miedo no es la muerte, ni siquiera el sufrimiento. Por sí misma, no teme nada, o casi nada. Por Lalita, en cambio, lo teme todo.

Mi hija es fuerte, se repite para tranquilizarse. Smita lo supo el mismo día que nació. Mientras el partero del pueblo la examinaba después del alumbramiento, la niña le mordió. Al hombre le hizo gracia: la boquita sin dientes no le dejó más que una minúscula señal en la mano. Tendrá carácter, dijo no obstante. Esa pequeña *dalit* de seis años, poco más alta que un taburete, le dijo que no al brahmán. En medio de la clase, lo miró a los ojos y le dijo que no. Para ser valiente no hace falta haber nacido en una buena familia. A Smita esa idea le da fuerza. No, no abandonará a Lalita en la inmundicia, no se la entregará a ese *dharma* maldito.

Se acerca a su hija dormida. El sueño de los niños es un milagro, se dice. El de Lalita es tan tranquilo que se siente culpable por interrumpirlo. Sus facciones están relajadas, son armoniosas, adorables. Cuando duerme parece más pequeña, casi un bebé todavía. A Smita le gustaría no tener que hacer eso, despertar a su hija en mitad de la noche para huir con ella. La niña no sabe nada sobre los planes de su madre; ignora que esta tarde ha visto a su padre por última vez. Smita envidia su inocencia. Ella perdió la posibilidad de huir a través del sueño hace mucho tiempo. Las noches ya no le ofrecen más que un abismo insondable, imágenes tan negras como la porquería que limpia. ¿Será distinto allí abajo?

Lalita duerme abrazada a su única muñeca, una que le regalaron cuando cumplió cinco años: una pequeña «Reina de los bandidos» tocada con un pañuelo rojo y con los rasgos de Phoolan Devi. Smita le cuenta a menudo la historia de esa mujer de casta baja, casada a los once años, pero famosa por haberse rebelado contra su destino. A la cabeza de una banda de *dacoits*, defendía a los oprimidos y atacaba a los propietarios acomodados que violaban a las muchachas de las castas inferiores en sus tierras. Robaba a los ricos para dárselo a los pobres y era la heroína del pueblo, considerada por algunos como la encarnación de Durga, la diosa de la guerra. Acusada de cuarenta y ocho delitos, fue detenida, encarcelada y luego liberada y elegida diputada del Parlamento, antes de ser asesinada en plena calle por tres enmascarados. Lalita adora esa muñeca, como todas las niñas allí. En los mercados se ven por todas partes.

Lalita.
Despierta.
¡Vamos!

La niña sale de un sueño que sólo le pertenece a ella. Dirige a su madre una mirada soñolienta.

No hagas ruido.

Vístete.

Deprisa.

Smita la ayuda a prepararse. La pequeña la deja hacer mirándola con expresión inquieta: ¿Qué mosca le ha picado a su madre a esas horas de la noche?

Es una sorpresa, le susurra Smita.

No tiene valor para decirle que se van y no regresarán. Es un billete sólo de ida, un viaje sin retorno hacia una vida mejor. Adiós para siempre al infierno del pueblecito de Badlapur, se ha prometido Smita. Lalita no lo entendería, seguro que lloraría, tal vez se resistiría. Smita no puede arricsgarse a que eche a perder su plan. Así que le cuenta una mentira. Una mentirijilla de nada, se dice para consolarse, un simple adorno de la realidad.

Antes de irse, mira por última vez a Nagarajan. Su tigre duerme apaciblemente. Junto a él, en su sitio vacío, Smita ha dejado un trozo de papel. No es una carta, ella no sabe escribir. Se ha limitado a copiar la dirección de sus primos en Chennai. Puede que su partida le dé a Nagarajan el valor que hoy le falta. Puede que encuentre la fuerza para reunirse con ellas allí. Quién sabe.

Tras una última mirada a la choza, a la vida que abandona sin pesar, o casi, Smita agarra la mano helada de su hija y se lanza a la oscuridad de los campos.

Giulia

Palermo, Sicilia

Era lo último que se esperaba.

El cajón del escritorio del *papà* está abierto ante ella, con todo su contenido a la vista: notificaciones del juzgado, requerimientos de apremio, montones y montones de cartas certificadas... La verdad la golpea como una bofetada. Se resume en una palabra: quiebra. El taller se hunde bajo las deudas. La casa Lanfredi está en la ruina.

Su padre nunca ha dicho nada. No se ha confiado a nadie. Ahora que lo piensa, una vez, una sola vez, comentó durante una conversación que la tradición de la *cascatura* se estaba perdiendo. Inmersos en la vorágine de la vida moderna, dijo, los sicilianos ya no guardaban su pelo. Era un hecho: hoy en día ya no se guardaba nada; lo usado se tiraba y se compraba nuevo. Giulia se acuerda de esa conversación durante una comida familiar alrededor de una gran mesa. Pronto, había añadido el *papà*, la materia prima empezará a faltar. En los años sesenta, el taller Lanfredi tenía quince competidores en Palermo. Todos habían cerrado. Él se enorgullecía de ser el último. Giulia sabía que el taller pasaba por dificultades, pero no imaginaba que la bancarrota fuera inminente. En su mente, eso no era una posibilidad.

Pero hay que rendirse a la evidencia. Según las cuentas, queda un mes de trabajo, como mucho. Sin cabellos, las trabajadoras se verán abocadas al paro técnico. El taller no podrá seguir pagándoles. Habrá que declararse en quiebra y cerrar.

La perspectiva la deja anonadada. El taller ha dado de comer a toda su familia durante décadas. Piensa en su madre, demasiado mayor para trabajar, y en Adela, que aún va al instituto. Su hermana mayor, Francesca, es ama de casa; se casó con un perdulario que se gasta el sueldo jugando, y no es raro que el *papà* tenga que meter dinero en sus cuentas a fin de mes. ¿Qué será de ellas? La casa familiar está hipotecada, les embargarán todos sus bienes. En cuanto a las empleadas, se quedarán sin trabajo. El sector está ultraespecializado, en Sicilia ya no queda ningún taller como el suyo que pueda emplearlas. ¿Qué harán esas mujeres, que son como hermanas, con las que ha compartido tantas cosas?

Luego piensa en el *papà*, allí, en el hospital, en coma. De pronto se queda petrificada. Una imagen terrible atraviesa su mente: su padre saliendo en la Vespa esta mañana para hacer su recorrido, su padre acorralado, desesperado, corriendo, corriendo cada vez más rápido por la empinada carretera... Giulia ahuyenta esa maldita idea. No, él no haría eso, no dejaría a su mujer, a sus hijas y a sus trabajadoras arruinadas, abandonadas... Pietro Lanfredi tiene un elevado sentido del honor, no es un hombre que escurra el bulto frente a la adversidad. Pero Giulia sabe que su orgullo, su logro, la quintaesencia de su vida es ese pequeño taller de Palermo que su padre llevó antes que él y que fundó su abuelo. ¿Habría soportado ver a sus trabajadoras en la calle, su empresa liquidada, esfumarse el trabajo de toda su vida? La duda que crece dentro de ella en esos instantes es tan cruel como la gangrena en un miembro herido.

El barco está a punto de hundirse, se dice Giulia. A bordo van todos: ella, la *mamma*, sus hermanas y sus empleadas. Es el *Costa Concordia*, el capitán se ha ido, se ahogarán sin remedio. No hay botes, no hay salvavidas, no hay nada a lo que agarrarse.

El parloteo de sus compañeras en la sala principal interrumpe sus pensamientos. Como todas las mañanas, se instalan en sus puestos charlando de esto y aquello. Por unos instantes, Giulia envidia su despreocupación: aún no saben lo que les espera. Cierra el cajón lentamente, como si cerrara un ataúd, y echa la llave. No tiene valor para decírselo hoy, ni tampoco para mentirles. No puede trabajar junto a ellas como si nada. Así que sube a refugiarse arriba, a la azotea, al «laboratorio». Se sienta frente al mar, como hacía su padre, que podía pasarse horas allí, contemplándolo. Decía que era un espectáculo del que no se cansaría nunca. Ahora Giulia está sola y al mar le trae sin cuidado su pena.

A mediodía se reúne con Kamal en la gruta en la que suelen encontrarse. No le habla de su angustia. Ahogar su pena en la suavidad de su piel es lo único que desea. Hacen el amor y, por unos instantes, la vida le parece menos cruel. Cuando la ve llorar, Kamal no dice nada. La besa, y sus besos tienen el sabor del agua salada.

Por la tarde, Giulia vuelve a la casa familiar. Poniendo como excusa un dolor de cabeza, sube a encerrarse en su habitación y se esconde bajo las sábanas.

Esta noche, sus sueños están llenos de extrañas imágenes: el taller de su padre, desmontado; la casa, vaciada y vendida; su madre, destrozada; las trabajadoras, en la calle; los mechones de la *cascatura*, desparramados, arrojados al mar, todo un mar de cabellos embravecido... Giulia da vueltas y más vueltas en la cama, no quiere seguir pensando en eso, pero las imágenes regresan una y otra vez, como un sueño obsesivo del que no consigue escapar, un disco infernal que le impone su música siniestra. El amanecer la libera al fin de su suplicio. Se levanta con la sensación de no haber pegado ojo, el estómago revuelto y la cabeza a punto de estallar. Tiene los pies helados y le zumban los oídos.

Se tambalea hasta el cuarto de baño. Una ducha caliente o helada la arrancará de la pesadilla, despertará su cuerpo agostado, o eso espera. Se acerca a la bañera y se detiene.

En el fondo hay una araña.

Es una araña pequeña, con el cuerpo fino y unas patas tan delicadas como puntos de encaje. Debe de haber subido por la cañería y se ha encontrado allí, atrapada en la bañera de hierro esmaltado, en aquella inmensidad blanca que no le ofrece escapatoria. Al principio habrá luchado, habrá intentado trepar por la pared fría, pero sus delgadas patas han debido de resbalar y devolverla al fondo de la concavidad. Ha acabado comprendiendo que era inútil luchar y ahora, inmóvil, aguarda su destino, otra salida. ¿Cuál?

De repente, Giulia se echa a llorar. Lo que la ha alterado no ha sido ver a la araña negra sobre el esmalte blanco —aunque no soporta a esos bichos, que le provocan una repugnancia inmediata, un pánico incontrolable—, sino más bien la certeza de estar, como ella, prisionera en una trampa de la que nadie va a sacarla.

Le dan ganas de regresar a la habitación, meterse en la cama y no volver a salir de ella. Desaparecer. Es una perspectiva agradable, casi atractiva. No sabe qué hacer con toda esa pena, esa inmensa ola que la sepulta. Siendo niña, un día estuvo a punto de ahogarse mientras se bañaba con toda la familia en la playa de San Vito lo Capo. El mar, tan tranquilo por lo general en ese lugar, estaba extrañamente agitado. Una ola más fuerte que las demás la derribó, y durante unos segundos rodó entre la espuma, fuera del mundo. La boca se le llenó de arena, aún se acuerda, de minúscula arenilla mezclada con piedrecitas. Por unos instantes no supo dónde estaban ni el cielo ni el suelo: los contornos de lo real se habían borrado. La fuerza de la corriente la atrajo hacia el fondo de una forma tan contundente como si alguien le tirara de un pie. En el estado de semiinconsciencia que acompaña las caídas y los accidentes, esos instantes en que la realidad va más deprisa que el pensamiento, creyó que no volvería a salir a la superficie. Que todo había acabado para ella. Estaba casi resignada. De pronto, la mano de su padre la agarró y la sacó del agua. Volvió en sí sorprendida, desconcertada. Viva.

Desgraciadamente, esa ola de ahora no la verá emerger.

La mala suerte se ceba en los Lanfredi, piensa Giulia, como ese seísmo que ha hecho temblar varias veces el corazón de Italia en el mismo sitio.

El accidente de su padre ha sido una terrible sacudida que las ha hecho tambalearse.
La muerte del taller las hundirá del todo.

Sarah

Montreal, Canadá

Sarah lo nota: algo ha cambiado en el bufete. Es algo indefinible, tenue, casi imperceptible, pero está ahí.

Primero es una mirada, una inflexión de la voz cuando la saludan, un modo un poco insistente de preguntarle cómo está, o lo contrario, de no preguntárselo. Luego un tono, un poco incómodo, una forma de mirarla. Unos sonríen de manera forzada. Otros se muestran huidizos. Nadie se comporta de una manera natural.

Al principio Sarah se pregunta qué mosca les ha picado. ¿Hay algo inadecuado en su aspecto, algún detalle que ha pasado por alto? Va de punta en blanco, como siempre. Se acuerda de aquella maestra de la escuela que un día entró en clase con una bolsa de basura en la mano y la dejó encima de su mesa con toda naturalidad, antes de darse cuenta de que, al salir de casa, había arrojado el bolso al contenedor. Había ido hasta la escuela de ese modo, sin ser consciente de ello. Por supuesto, los niños se rieron de lo lindo.

Sin embargo, hoy su atuendo es perfecto: lo examina con detenimiento en el espejo del aseo. Más allá de las facciones cansadas y de la delgadez, que se las arregla para esconder, la enfermedad es indetectable. Entonces ¿por qué esa reserva, desconocida hasta ahora para ella, en sus relaciones con los demás? Desde hace unos días, una distancia inusual hasta este momento se ha instalado de manera insidiosa, una distancia que no proviene de ella.

Bastan unas palabras de su secretaria, sólo unas palabras, para que Sarah lo comprenda.

Lo siento mucho, le dice en voz muy baja, mirándola apenada. Por un instante, un único instante, Sarah se pregunta de qué habla. ¿Ha ocurrido una catástrofe, un atentado del que no se ha enterado? ¿Una tempestad inesperada, un accidente, una muerte? No tarda mucho en comprender que se trata de ella. Sí, la víctima, la herida, la damnificada es ella.

Se queda boquiabierta.

Si la secretaria está al tanto, es que todo el mundo lo sabe.

Inès ha hablado. Ha roto su pacto de la noche a la mañana, sin avisar. Ha revelado su secreto. La noticia se ha extendido por el bufete como una chispa en el reguero de pólvora, ha recorrido los pasillos y penetrado en los despachos, se ha propagado por las salas de reunión

121

y la cafetería hasta llegar al último piso, a lo más alto de la jerarquía, hasta Johnson.

Inès, en quien confiaba; Inès, a quien ella misma eligió y reclutó; Inès, que le sonríe todas las mañanas, con quien comparte sus casos; Inès, a la que tomó bajo su protección, Inès, sí, acaba de apuñalarla del modo más traicionero que quepa imaginar.

Tu quoque, fili mi!

Inès le confió el secreto que ambas compartían a la persona más susceptible de divulgarlo: Gary Curst, el socio más envidioso, ambicioso y misógino, que siente un odio feroz hacia Sarah desde que llegó. Lo hizo «por el bien del bufete», alegará la traidora con una expresión fingidamente apesadumbrada, antes de añadir: «Lo siento mucho.» Sarah no cree ni por un segundo en su arrepentimiento. Tendría que haber desconfiado. Inès es lista, es «política», según la expresión al uso, un modo elegante de decir «astuta», de decir «que actúa en interés de los poderosos». Una palabra que significa «que no la asustan los golpes bajos». Sí, ya lo dijo Sarah, Inès llegará lejos. «Si sabe emplear los medios adecuados.»

Fue a ver a Curst, «por su propia tranquilidad», para confiarle que Sarah había cometido «errores» en el caso que llevaban entre las dos, el caso Bilgouvar, un reto financiero crucial para el futuro del bufete. Desde luego, esos «pasos en falso» no eran «condenables», en absoluto, «teniendo en cuenta su estado».

Sarah no ha dado un «paso en falso» en su vida. Por supuesto, desde el comienzo del tratamiento le cuesta más concentrarse, su atención es menos sostenida, a veces olvida detalles, un nombre, un término en una conversación, pero eso no afecta en ningún caso a la calidad de su trabajo. No falta a ninguna cita ni reunión. Interiormente se siente debilitada, pero redobla los esfuerzos para no traslucirlo. No ha cometido «errores» ni dado «pasos en falso». E Inès lo sabe.

Entonces, ¿por qué? ¿Para qué? Sarah lo comprende demasiado tarde, y se queda helada: Inès quiere su puesto. Su estatus de socia. En el bufete, las posibilidades de ascenso son escasas, los júniors no lo tienen fácil para subir de categoría. Un socio debilitado es una puerta que se abre, una ocasión que no puede desperdiciarse.

Curst tiene el mismo interés: siempre ha estado celoso de la relación de confianza que une a Sarah y Johnson. Sin duda, ella será la próxima *Managing Partner* que nombre. A menos que algo frene su ascensión... A Gary Curst le encantaría verse en ese sillón, en lo más alto de la jerarquía. Una enfermedad larga, una enfermedad traicionera, destructiva, que te ataca y te debilita, una enfermedad que puede remitir y luego reaparecer, es el arma ideal para abatir a un enemigo. Curst ni siquiera se manchará las manos de sangre. Es el crimen perfecto. Como en el ajedrez: cae un peón y todos avanzan una casilla. Ese peón es Sarah.

Habrá bastado una palabra, una sola palabra en el oído equivocado. El daño está hecho.

Ahora todo el mundo lo sabe, es oficial: Sarah Cohen está enferma.

Enferma, que es tanto como decir vulnerable, frágil, capaz de descuidar un caso, de no emplearse a fondo en un asunto, de pedir una baja larga.

Enferma, que es tanto como decir poco fiable, alguien con quien no se puede contar. Peor, que puede palmarla sin más dentro de un mes, de un año, quién sabe. Un día, Sarah oye en un pasillo esa frase terrible, apenas susurrada: «Sí, quién sabe...»

Enferma, que es peor que embarazada. Al menos, el embarazo se sabe cuándo acaba. El cáncer es traicionero, puede reaparecer. Está ahí, sobre la cabeza, como una espada de Damocles o una nube negra que lo sigue a uno a todas partes.

Sarah lo sabe: un abogado está obligado a ser brillante, eficaz, agresivo. Tiene que tranquilizar, convencer, seducir. En un gran bufete de negocios como Johnson & Lockwood hay millones en juego. Se imagina las preguntas que deben de hacerse todos. ¿Se puede seguir confiando en ella? ¿Se le pueden encomendar casos importantes, asuntos que tardarán años en resolverse? Cuando empiece el juicio, ¿seguirá ahí siquiera?

¿Aceptará pasar noches en vela y fines de semana trabajando? ¿Tendrá fuerzas para ello?

Johnson la ha llamado para que suba a su despacho. Parece contrariado. Le habría gustado que fuera a hablar con él, que le comunicase la noticia en persona. Siempre han tenido una relación de confianza. ¿Por qué no le ha dicho nada? Sarah advierte por primera vez que el tono de su voz le desagrada. Ese aire condescendiente y falsamente paternal que adopta con ella, que, pensándolo bien, siempre ha adoptado, le repatea. Le gustaría contestarle que se trata de su cuerpo, de su salud, que nada la obliga a informarlo al respecto. Si aún le queda una parcela de libertad, es ésa, la de no hablar de ello. Podría decirle que se fuera al carajo con su aire de fingida preocupación, que sabe perfectamente lo que le preocupa: no es saber cómo está, ni cómo se siente, ni siquiera si seguirá ahí dentro de un año; no, lo único que le interesa es saber si será capaz, sí, capaz de manejar sus jodidos asuntos como antes. En una palabra: de rendir.

Por supuesto, Sarah no dice nada de eso. Mantiene la cabeza fría. Con aplomo, intenta tranquilizar a Johnson: no, no va a coger una baja larga. Ni siquiera va a ausentarse. Estará ahí, enferma quizá, pero ahí. Asumirá sus responsabilidades y seguirá sus casos.

Oyéndose a sí misma, de pronto tiene la sensación de estar en el estrado de un tribunal durante un extraño juicio que acaba de empezar: el suyo. Como ante un juez, busca argumentos para apuntalar su defensa. Pero ¡¿por qué?! ¡¿Es culpable de algo?! ¿Ha cometido algún delito? ¿Qué tiene que justificar?

Mientras vuelve a su despacho, trata de convencerse de que nada va a cambiar. Es inútil. En el fondo sabe que Johnson ha empezado a instruir su proceso.

El enemigo, piensa en ese momento, tal vez no era el que ella creía.

Smita

Con la manita de la niña en la suya, Smita huye a través del campo dormido. No hay tiempo para hablar, para explicarle a Lalita que recordará esta noche toda su vida como el momento en que eligió, en que hizo cambiar el curso de sus destinos. Corren procurando no hacer ruido para no ser vistas ni oídas. Cuando los *jat* se despierten, ellas ya estarán lejos, espera Smita. No pueden perder un segundo.

¡Date prisa!

Tienen que alcanzar la carretera principal. Allí, en un matorral junto a la cuneta, Smita ha escondido su bicicleta y un hatillo con comida. Reza para que nadie se los haya llevado. Tendrán que recorrer varios kilómetros para llegar a la National Highway 56, donde tomarán el autobús a Benarés, uno de esos famosos autocares públicos verdes y blancos, en los que se puede viajar por unas rupias. Las comodidades son mínimas y la seguridad deja mucho que desear —por la noche, los conductores se dopan con *bhang*—,[4] pero el precio de los billetes no tiene competencia. Menos de un centenar de kilómetros las separan de la ciudad sagrada. Una vez allí, tendrán que buscar la estación y subirse a un tren con destino a Chennai.

El sol lanza sus primeros rayos. En la gran carretera, los camiones se suceden en medio de un estruendo espantoso. Lalita tiembla como una hoja y Smita comprende que está asustada: la pequeña nunca se ha alejado tanto del pueblo. Más allá de la carretera está lo desconocido, el mundo, el peligro.

Smita aparta las ramas que ocultan la bicicleta. Sigue ahí. Pero el hatillo que había preparado está un poco más lejos, en la cuneta, hecho pedazos: lo habrá encontrado algún perro, o unas ratas hambrientas. No queda nada, o casi nada... Tendrán que seguir con el estómago vacío. No hay elección, ahora no pueden ponerse a buscar comida. La mujer del brahmán no tardará en levantar la jarra del arroz, antes de ir al mercado. ¿Sospechará de ella enseguida? ¿Avisará a su marido? ¿Saldrán en su busca? Nagarajan ya ha debido de advertir su ausencia. No, no tienen tiempo para buscar comida, hay que seguir avanzando. La botella de agua está intacta. Al menos tienen eso como desayuno.

Smita acomoda a la niña en el portaequipajes y se sienta en el sillín. Lalita le rodea la cintura con los bra-

---

4. Bebida de efecto euforizante elaborada a base de cannabis.

zos y se agarra a ella como un geco asustado, uno de esos lagartos verdes que abundan en las casas y que los niños adoran. Smita no quiere que su hija note que está temblando. Los *Tata Trucks*[5] son numerosos en la carretera y, pese a la estrechez de la misma, las adelantan con un ruido ensordecedor. Ahí no hay reglas, el más grande tiene prioridad. Con un estremecimiento, Smita se aferra al manillar para no perder el equilibrio: una caída ahí sería terrible. Un esfuerzo más y llegarán a la NH56, que une Lucknow y Benarés.

Ahora están sentadas al borde de la carretera. Smita se limpia la cara con un pañuelo y le hace lo mismo a su hija. Están cubiertas de polvo. Llevan dos horas esperando el autobús. ¿Pasará hoy al menos? Allí los horarios son fluctuantes, por no decir inexistentes. Cuando el vehículo aparece al fin, una multitud se abalanza hacia las puertas. Ya va lleno. Subir no es tarea fácil. Algunos prefieren trepar al techo; viajarán a cielo abierto, agarrados a las barras laterales. Pese a las dificultades, Smita consigue subir a la plataforma con Lalita cogida de su mano. Encuentra un sitio para las dos al final, en el asiento trasero. Con eso les basta. A continuación intenta abrirse paso en sentido inverso para recuperar la bicicleta, que ha dejado fuera. La empresa es peligrosa. En el pasillo se apretujan decenas de pasajeros, muchos no tienen sitio para sentarse, algunos se increpan con agresividad. Una mujer carga con gallinas, lo que provoca la cólera de uno de sus vecinos. Lalita se pone a gritar señalando la bicicleta a

_____

5. Camiones de la marca india Tata Motors.

través de las ventanillas: un hombre se ha montado en ella y se aleja a grandes pedaladas. Smita palidece: echar a correr tras él es arriesgarse a que el autobús la deje en tierra... El conductor acaba de accionar el contacto, el motor empieza a rugir. Smita no tiene más remedio que volver a su asiento, mientras, con el corazón encogido, ve desaparecer el montón de chatarra que adquirió ya usado y que pensaba vender para comprar comida.

El autobús arranca. Lalita pega la cara a la ventanilla trasera para no perderse nada del viaje. De pronto se ha animado.

¡Papá!

Smita da un respingo y se vuelve. Nagarajan ha aparecido en la carretera y corre detrás del autobús, que acaba de ponerse en marcha. Smita siente que las fuerzas la abandonan. Su marido intenta darles alcance con una expresión indefinible en el rostro: ¿pena, angustia, ternura? ¿Ira? El autobús empieza a aumentar velocidad y no tarda en dejarlo atrás. Lalita se echa a llorar, golpea el cristal, se vuelve hacia su madre para implorarle ayuda.

¡Dile que pare, mamá!

Smita sabe que es imposible detener el autobús. No podría abrirse paso hasta el conductor, y, si lo consiguiera, el hombre se negaría a reducir la velocidad y parar, o les ordenaría que bajaran. No puede arriesgarse a eso.

La figura de Nagarajan se hace más pequeña; no tardará en convertirse en un punto diminuto en la lejanía. Sin embargo, él parece empeñado en continuar su vana carrera. Lalita solloza. Su padre acaba desapareciendo de su campo de visión. Para siempre quizá. La niña esconde la cara en el cuello de Smita.

No llores.
Se reunirá con nosotras allí.

La voz de Smita quiere ser tranquilizadora, como si deseara convencerse a sí misma de esa posibilidad. Pero es bastante remota. Eso la lleva a preguntarse a cuántas cosas más tendrá que renunciar antes de llegar al final del viaje. Mientras consuela a Lalita, deshecha en lágrimas, toca la imagen de Visnú bajo su sari. Todo irá bien, se dice para animarse. Es un viaje lleno de dificultades, pero Visnú está ahí, muy cerca.

Lalita se ha dormido. Las lágrimas se han secado y le han dejado regueros blancuzcos en el rostro. Smita ve deslizarse el paisaje tras los sucios cristales. Al borde de la carretera, chabolas, campos, una gasolinera, una escuela, chasis de camiones, sillas bajo un árbol centenario, un mercado improvisado, vendedores sentados en el suelo, una agencia de alquiler de modernas motocicletas, un lago, naves, un templo en ruinas, vallas publicitarias, mujeres con sari y cestos en la cabeza, un tractor... Smita se dice que India entera está ahí, junto a esa carretera, en un caos indescriptible en el que se confunden lo antiguo y lo moderno, lo puro y lo impuro, lo sagrado y lo profano.

Con tres horas de retraso —un camión atascado en el barro ha bloqueado la circulación—, llegan al fin a la estación de autobuses de Benarés. Al instante, el vehículo vomita su carga de hombres, mujeres, niños, gallinas, maletas y demás objetos que los pasajeros han conseguido amontonar encima, debajo y entre ellos. Hay incluso una cabra; un hombre la baja del techo ante la mirada asombrada de Lalita, que se pregunta cómo ha llegado el animal ahí arriba.

En cuanto se apean, Smita y su hija se ven inmersas en el ajetreo de la ciudad. En todas partes autobuses, coches, *rickshaws* y camiones cargados de peregrinos se apretujan camino del Ganges y del Templo de Oro. Benarés es una de las ciudades más antiguas del mundo. La gente va allí a purificarse, rezar o casarse, pero también a incinerar a sus familiares, o incluso a morir. En los *ghats*, las riberas llenas de escalones que descienden hasta el Ganga Mama, como lo llaman allí, la vida y la muerte danzan día y noche en un ballet interminable.

Lalita nunca ha visto nada parecido. Smita le ha hablado a menudo de esa ciudad como de un lugar de peregrinación al que sus propios padres la llevaron de niña. Juntos celebraron el Panchatirthi Yatra, un rito consistente en bañarse en cinco lugares del río sagrado en determinado orden. Como manda la costumbre, la visita acabó con la bendición en el Templo de Oro. Smita seguía a sus padres y sus hermanos, se dejaba guiar. El viaje le produjo una fuerte impresión y un recuerdo duradero. El *ghat* de Manikarnica, uno de los dedicados a la cremación de los muertos, la impactó mucho. Aún se acuerda del encendido de la pira, sobre la que se distinguía el cuerpo de una anciana. Como es tradición, antes de quemarla la habían lavado en el Ganges y después secado. Aterrorizada, Smita vio las primeras llamas lamer el cadáver y luego devorarlo vorazmente en medio de una crepitación infernal. Para su sorpresa, los familiares de la difunta no parecían tristes; daba la sensación de que casi se alegraban del *moksha*, de la liberación de su pariente. Unos hablaban, otros jugaban a las cartas, algunos incluso reían. Los *dalit*, vestidos de blanco, trabajaban sin descanso, día y noche: las cremaciones, tarea impura donde las haya, les correspondían de forma natural. También tenían que suministrar las toneladas de leña necesarias para las piras, que transportaban en barca hasta los *ghats*. Smita se acuerda de las montañas de enormes troncos que esperaban su turno al borde de los muelles. A unos metros de allí, las vacas bebían el agua del río, indiferentes a las escenas que se desarrollaban en sus orillas. Un poco más lejos, hombres, mujeres y niños realizaban las abluciones rituales: la tradición era sumergirse de la cabeza a los pies en el Ganges para purificarse. Otros celebraban ceremonias de boda, alegres y abigarradas, entonando cantos religiosos o profanos. Había gente fregando los cacharros, o incluso haciendo la colada. En algunos sitios, el agua estaba negra; flotando en la superficie se podían ver tanto flores como lámparas de aceite, ofrenda de los peregrinos, pero también cadáveres en descomposición de animales, cuando no huesos humanos: después de la cremación, las cenizas se esparcían en un ritual por el río, pero muchas familias que no podían permitirse una incineración completa arrojaban al agua los cuerpos de sus familiares a medio calcinar, o incluso enteros.

Hoy nadie guía a Smita. No tiene una mano tranquilizadora a la que agarrarse, sólo la de su hija, que la sigue. Solas en medio de la multitud anónima de los peregrinos, buscan su camino. La estación de tren está en el centro de la ciudad, lejos de donde las ha dejado el autobús.

En las calles, Lalita mira embobada los escaparates de las tiendas, que ofrecen artículos a cuál más insólito. Un aspirador aquí, un exprimidor allí, un cuarto de baño más allá, un lavabo, un modelo de inodoro... Lalita nunca había visto esas cosas. Smita suspira: le gustaría ir más deprisa, pero la curiosidad de la pequeña las frena. Se cruzan con una fila de escolares con uniforme marrón, cogidos de la mano. Smita se percata de la mirada de envidia de su hija, que no se aparta de ellos.

La estación de Benarés-Cantt aparece al fin. Una muchedumbre febril llena la plaza: es una de las estaciones con más viajeros del país. En el vestíbulo, la marea humana se apresura hacia las taquillas. Por todas partes, hombres, mujeres y niños, de pie, sentados o tumbados, esperan horas, a veces días.

Smita trata de abrirse paso mientras sortea a los charlatanes que, aprovechando el desconcierto o la ingenuidad de los turistas, les sacan unas rupias a cambio de consejos inútiles. Smita se coloca en una de las cuatro colas, en cada una de las cuales hay al menos cien personas. Tendrán que tener paciencia. Lalita muestra signos de cansancio; han viajado durante todo el día con el estómago vacío, para hacer apenas cien kilómetros. Pero lo más duro está por llegar, y Smita lo sabe.

Cuando al fin llega a la taquilla, ya ha caído la noche. Al oírla pedir dos billetes a Chennai para hoy mismo, el empleado de los ferrocarriles pone cara de sorpresa. Los billetes se reservan con varios días de antelación, le explica, en el último momento los trenes siempre están completos. ¿No ha reservado? Ante la idea de pasar la noche allí, en la ciudad sagrada, donde no conoce a nadie, Smita siente que las fuerzas la abandonan. Las monedas que recuperó del brahmán apenas bastarán para adquirir dos billetes de tercera clase, así que ¿qué comerán? Y no pueden pagar una pensión, ni siquiera un dormitorio compartido. Smita insiste, tienen que viajar ya, en el primer tren. No vacila en añadir unas monedas, apartadas para comida. El empleado la observa indeciso, masculla algo entre los amarillentos dientes y desaparece. Vuelve con dos billetes de *sleeper class*, la clase más barata, para el tren de mañana. No puede hacer más. Más tarde, Smita se enterará de que esos billetes se venden a todo el que lo desee, porque en esa clase no hay ningún límite de número de viajeros por coche, que de hecho siempre van abarrotados. El empleado ha abusado de su credulidad para sacarle unas cuantas rupias, pero Smita lo comprenderá demasiado tarde.

Lalita, agotada, se ha dormido en sus brazos. Arrastrando los pies, Smita se abre paso entre la gente en busca de un sitio donde sentarse. En todas partes, en el vestíbulo, en los andenes, la gente se dispone a pasar la noche. Se acomodan, se tumban y se duermen. Los más afortunados... Smita busca un rincón y se sienta en el suelo, no muy lejos de una mujer vestida de blanco y acompañada por dos niños pequeños. Lalita acaba de despertarse. Tiene hambre. Smita saca la botella de agua, en la que apenas quedan unos dedos. No tienen otra cosa para pasar la noche. La niña se echa a llorar.

Cerca de ellas, la mujer de blanco les está dando galletas secas a sus hijos. Mira a Smita y a la pequeña que llora entre sus brazos. Se acerca y se ofrece a compartir con ellas su comida. Sorprendida, Smita alza los ojos hacia la mujer: no está acostumbrada a que acudan en su ayuda, y nunca se ha rebajado a mendigar. A pesar de su condición, siempre ha vivido con dignidad. Si fuera para ella, sin duda lo rechazaría, pero Lalita es tan frágil, tan menuda... No resistirá el viaje sin comer. Smita coge el plátano y las galletas que le tiende la mujer de blanco y le da las gracias. Lalita se abalanza con avidez sobre la comida. La mujer le ha comprado té con jengibre a un vendedor ambulante y le ofrece unos sorbos a Smita, que acepta encantada. El té caliente, con su gusto picante y sazonado, la reanima. La mujer, que se llama Lackshmama, entabla conversación. Quiere saber adónde van así, las dos solas. ¿No tienen un marido, un padre o un hermano que las acompañe? Smita responde que se dirigen a Chennai, donde las espera su marido, le miente. Lackshmama y sus pequeños se marchan a Vrindavan, una pequeña ciudad al sur de Nueva Delhi conocida como «la ciudad de las viudas blancas». Cuenta que perdió a su marido hace unos meses a causa de la gripe. Tras su muerte, su familia política, con la que vivía, la echó de casa. Lackshmama habla con amargura del destino aciago de las viudas indias. Están malditas, porque se las considera culpables de no haber sabido retener el alma de su difunto marido. A veces, incluso las acusan de haber provocado la enfermedad o la muerte de su esposo mediante brujería. No tienen derecho a cobrar un seguro si fallece en accidente ni una pensión si muere en la guerra. Verlas simplemente trae desgracia; cruzarse siquiera con su sombra es un mal presagio. Están excluidas de bodas y fiestas, obligadas a esconderse, a vestir el blanco del luto, a hacer penitencia. A menudo es su propia familia quien las deja en la calle. Lackshmama menciona con pavor la cruel tradición del *sati*, que antaño las condenaba a inmolarse en la pira funeraria de su marido. Las que se negaban eran repudiadas, apaleadas o vejadas, a veces incluso arrojadas a las llamas por su familia política, o hasta por sus propios hijos, que de ese modo evitaban compartir la herencia con ellas. Antes de ponerlas en la calle, obligan a las viudas a despojarse de sus joyas y raparse la cabeza, de modo que no vuelvan a resultar atractivas a los hombres; les está prohibido casarse de nuevo, tengan la edad que tengan. En las provincias en las que las chicas se casan jóvenes, algunas se quedan viudas a los cinco años, lo que las condena a llevar una vida de mendicidad.

Así es, suspira Lackshmama, cuando pierdes al marido, lo pierdes todo. Smita lo sabe: una mujer no tiene bienes propios, todo pertenece a su marido. Al casarse, se lo da todo. Al perderlo, deja de existir. Lackshmama ya no tiene nada, salvo una joya, regalo de boda de sus padres, que consiguió esconder bajo el sari. Recuerda ese día feliz, en el que, adornada con ricas joyas y ropas, fue conducida al templo por su alborozada familia para celebrar las nupcias. Entró en el matrimonio con fastuosidad; salió de él en la más absoluta pobreza. Habría preferido que su marido la abandonara, o que la repudiara, confiesa; al menos la sociedad no la habría relegado al rango de paria y puede que su familia hubiera mostrado algo de compasión en lugar de manifestarle únicamente desprecio y hostilidad. Habría preferido nacer como vaca, para que la respetaran. Smita no se atreve a contarle que ella ha elegido dejar a su marido, su pueblo y todo lo que conocía. En esos momentos, escuchando a Lackshmama, se pregunta si habrá cometido un terrible error. La joven viuda le confiesa que quiso matarse, pero al final renunció a hacerlo por miedo a que su familia política asesinara a sus hijos para quedarse con la herencia, como ocurre a veces. Optó por exiliarse a Vrindavan con ellos. Dicen que son miles las mujeres que buscan refugio allí, en los *ashrams*, las «casas de viudas» de la beneficencia, o incluso en la calle. A cambio de un cuenco de arroz o de sopa, cantan plegarias a Krishna en los templos, y se ganan de ese modo su escaso sustento: una sola comida al día, no tienen derecho a más.

Smita ha escuchado a Lackshmama sin interrumpirla. La viuda es poco mayor que ella. Cuando le pregunta su edad, dice no saberla, aunque no cree tener más de treinta años. Sus facciones aún son jóvenes, y sus ojos, vivos, se dice Smita, pero desprenden una tristeza infinita, milenaria, se diría.

Ha llegado la hora de que Lackshmama se suba al tren. Smita le da las gracias por la comida y le promete que rezará por ella y por sus hijos a Visnú. La ve alejarse por el andén con su hijo pequeño en brazos, el mayor cogido de una mano y, en la otra, el pequeño bolso que constituye todo su equipaje. Mientras su figura desaparece entre la multitud de los viajeros que parten, Smita toca la imagen de Visnú bajo su sari, y le ruega que la acompañe y la proteja en su viaje y en su vida de exiliada. Piensa en los millones de viudas que comparten su situación, abandonadas y desvalidas, olvidadas en un país que, decididamente, no quiere demasiado a las mujeres, y de pronto se siente afortunada de ser ella, Smita, nacida *dalit*, sí, pero entera, en pie, de camino hacia una vida mejor, tal vez.

«Habría preferido no nacer», le ha confesado Lackshmama antes de desaparecer.

Giulia

Palermo, Sicilia

Cuando Giulia les comunicó a su madre y sus hermanas que el taller estaba en la ruina, Francesca se echó a llorar. Adela no dijo nada: muestra hacia todas las cosas la indiferencia propia de los adolescentes, como si no le afectaran. La *mamma* se quedó callada y luego se vino abajo. Acusó a Dios de ensañarse con ellos, con lo piadosa, con lo devota que ha sido siempre. Primero su marido, ahora el taller... ¡¿Qué crimen han cometido, qué pecado, para merecer semejante castigo?! ¿Qué será de sus hijas? Adela aún va al instituto. Francesca se casó tan mal que apenas puede cubrir las necesidades de sus hijos. En cuanto a Giulia, sólo conoce eso, el oficio que le enseñó su padre. Un padre que ahora ni siquiera está...

Esta noche la *mamma* se pasa horas llorando por su marido, por sus hijas, por su casa, que le van a quitar; por ella no llora nunca. Con las primeras luces del alba, se le ocurre una idea: Gino Battagliola lleva años enamorado de Giulia, soñando con casarse con ella. No es un secreto para nadie. Su familia tiene dinero, peluquerías por toda la región. Sus padres siempre han dado muestras de auténtica amistad hacia los Lanfredi. Tal vez acepten liquidar la hipoteca de la casa familiar. Eso no les permitiría salvar el taller, pero al menos tendrían un techo. Sus hijas estarían a cubierto. Sí, esa boda los salvaría, se dice la *mamma*.

Cuando le explica la idea a su hija, Giulia la rechaza de plano. No será la mujer de Gino Battagliola, ¡prefiere dormir en la calle! No es un hombre desagradable, Giulia no tiene nada que reprocharle, pero es aburrido e insustancial. Lo ve a menudo en el taller. Con su aspecto desgarbado y su remolino en el pelo, parece uno de esos personajes ridículos que aparecen en esa comedia que tanto le gusta a su padre, *I mostri*, de Dino Risi.

Es un buen partido, insiste la madre. Gino es amable y tiene dinero; desde luego, a Giulia no le faltaría nada. Nada, salvo lo esencial, replica la joven. Se niega a someterse, a encerrarse en una jaula de barrotes relucientes. No quiere una vida de convencionalismos y apariencias. Otras lo han hecho, dice la *mamma*, y Giulia sabe que es cierto.

Su madre ha sido feliz en el matrimonio, pese a que, en realidad, no eligió a su marido. Todavía soltera a los treinta años, acabó aceptando la proposición de Pietro Lanfredi, que la cortejaba. El amor llegó con el tiempo. A pesar de su temperamento colérico, el padre de Giulia era un buen hombre, que supo ganarse su corazón. Puede que a ella le pasara lo mismo.

Giulia sube a encerrarse en su habitación. No puede resignarse a eso. La piel de Kamal es ardiente, Giulia no quiere otra cosa. Se niega a meterse en una cama helada, entre sábanas frías, como la protagonista de *Mal di pietre*, una novela sarda que la impresionó: desesperada por llegar a amar un día al hombre con el que se casó, vaga por las calles buscando a su amante perdido. Giulia no quiere una existencia desencarnada. Recuerda las palabras de la *nonna*: «Tú haz lo que te apetezca, *mia cara*, pero sobre todo no te cases.»

Pero ¿hay otra salida? ¿Dejará que su madre y sus hermanas se queden en la calle? La vida, se dice, es injusta, haciendo recaer exclusivamente sobre sus hombros el peso de toda su familia.

Hoy no tiene ánimo para ir a encontrarse con Kamal, que la espera. Sin saber muy bien por qué, Giulia se dirige a la pequeña iglesia que tanto le gustaba a su padre. Y, al darse cuenta de que empieza a hablar de él en pasado, se estremece. Sigue vivo, se reprocha.

Hoy Giulia, que nunca reza, necesita cierto recogimiento. A esas horas la iglesia está desierta. En su interior hay un ambiente tranquilo y silencioso que produce la sensación de estar fuera del mundo, o todo lo contrario, de hallarse en su corazón. ¿Es el frescor, el tenue olor a incienso, el eco sostenido de los pasos en la piedra? Giulia contiene la respiración; cuando aún era una niña, entrar en las iglesias la emocionaba, como si penetrara en un territorio sagrado, misterioso, poblado por siglos de almas. Hay velas que parecen estar permanentemente encendidas. Giulia se pregunta quién encuentra el tiempo necesario para ocuparse de esas llamitas efímeras en medio de la agitación del mundo.

Desliza una moneda en el cepillo destinado a los donativos de los fieles y coge una vela, que coloca en el lampadario, junto a las demás. La enciende y cierra los ojos. Empieza a rezar en voz baja. Pide a Dios que le devuelva a su padre, que le dé fuerzas para aceptar esa vida que no ha elegido. Qué alto es el tributo que deben pagar a la desgracia los Lanfredi, se dice.

Para sacarlos de ésa, haría falta un milagro.

Pero en esta vida no existen los milagros. Giulia lo sabe. Ocurren en la Biblia, o en las historias que leía de pequeña. Y ella ya no cree en los cuentos de hadas. El accidente de su padre la ha arrojado a la edad adulta de golpe. No estaba preparada. Era tan agradable alargar el final de la adolescencia, como un baño caliente del que no apetece salir. El tiempo de la madurez ha llegado, y es muy duro. El sueño ha acabado.

La única solución es esa boda. Giulia le ha dado vueltas y más vueltas al asunto. Gino saldará la hipoteca que pesa sobre la casa. El taller está condenado, pero al menos su familia se salvará. Es lo que dice su madre, y lo que habría querido el *papà*. Ese argumento acaba de convencerla.

Esa misma noche, le escribe a Kamal. Sobre el papel, las palabras serán menos crueles, piensa Giulia. En la carta le explica lo del taller y la amenaza que pesa sobre su familia. Y le dice que va a casarse.

Después de todo, no se han hecho ninguna promesa. Nunca se ha imaginado su futuro con él, nunca ha pensado que su relación pudiera durar. No tienen la misma cultura, ni el mismo dios ni las mismas tradiciones. Sin embargo, la piel de Kamal se entiende tan bien con la suya, sus cuerpos encajan de un modo tan perfecto... A su lado se siente más viva de lo que se ha sentido nunca. La desconcierta el deseo violento que la atenaza, la mantiene despierta por la noche, hace que se levante estremeciéndose todas las mañanas y vuelva junto a él cada día. Ese hombre al que acaba de conocer, del que no sabe nada, o casi nada, ejerce un efecto sobre ella como nadie lo había hecho antes.

No es amor, se dice, tratando de convencerse. Es otra cosa. Debo renunciar a ello.

Ni siquiera sabe adónde mandar la carta. Ignora dónde vive. Comparte una habitación con otro trabajador en un barrio de la periferia, le dijo una vez. Da igual, va a la gruta en la que suelen encontrarse y la deja bajo una caracola, cerca de la roca donde tantas veces se han amado.

Ahí acaba su historia, se dice Giulia, casi por accidente, como empezó.

Esa noche Giulia no duerme. Perdió el sueño en el fondo del cajón del escritorio del *papà*. Ve sucederse las horas. Las suyas son noches en blanco, tan angustiosas como si el sol no fuera a salir jamás. Ni siquiera tiene fuerzas para leer. Permanece inmóvil como una piedra, prisionera de la oscuridad.

Tendrá que comunicar el cierre del taller a las trabajadoras. Sabe que hacerlo es cosa suya; no puede contar con sus hermanas ni con su madre. Tendrá que despedir a esas mujeres, que son más que sus compañeras, son sus amigas. No habrá nada que alivie su pena, sólo lágrimas amargas que compartir. Sabe lo que representa el taller para cada una de ellas. Algunas han pasado allí toda su vida. ¿Qué será de la *nonna*? ¿Quién querrá contratarla? Alessia, Gina y Alda tienen más de cincuenta años, una edad complicada para quedarse sin trabajo. ¿Qué hará Agnese, sola con sus hijos desde que la dejó el marido? ¿Y Federica, que ya no tiene a sus padres para ayudarla? Giulia ha intentado retrasar el momento, como quien pospone una operación que sabe que será dolorosa. Pero debe abordarlo. Tengo que hablar con ellas mañana, se dice. Esa idea la angustia y la desvela.

Sucede hacia las dos de la madrugada.

Un guijarro arrojado a su ventana en mitad de la noche.

Sobresaltada, Giulia sale de la modorra que ha acabado apoderándose de ella. Otro guijarro. Se acerca a la ventana: Kamal está ahí abajo, en la calle. Tiene la cabeza levantada hacia ella y su carta en la mano.

144

¡Giulia!

¡Baja!

¡Tengo que hablar contigo!

Giulia le hace señas para que se calle. Teme que despierte a su madre o a los vecinos, que tienen el sueño ligero. Pero Kamal no le hace caso, insiste, quiere hablar con ella. Giulia acaba vistiéndose. Baja a toda a prisa y se reúne con él en la calle.

Estás loco, le dice. Estás loco viniendo aquí.

Y en ese momento se produce el milagro.

Sarah

Montreal, Canadá

Empieza de forma insidiosa. Primero es una reunión a la que olvidan invitarla. «No queríamos molestarte», dirá más tarde el socio correspondiente.

Luego es un caso del que evitan hablarle. «En este momento tienes muchas cosas en las que pensar.» Otra frase hecha que suena a compasión, casi dan ganas de creérselo. Sarah no quiere ningún tipo de consideraciones, quiere seguir trabajando, que la tengan en cuenta, como antes. Se niega a que la traten con miramientos. Pero lo nota: desde hace algún tiempo la implican menos en la vida del bufete, en las decisiones que hay que tomar, en la gestión de los expedientes. Hay cosas que olvidan decirle, preguntas que van a hacerles a otros.

Desde el anuncio de su enfermedad, Curst ha ganado puntos dentro del bufete. Sarah lo ve hablar con Johnson, reírle las bromas y comer con él más a menudo.

En cuanto a Inès, toma la iniciativa y cada vez se permite más libertades con los casos que lleva Sarah, sin consultarle. Cuando la llama al orden, la júnior responde con expresión apenada que Sarah «no estaba», o «no estaba disponible», es decir, que estaba en el hospital. Aprovecha sus ausencias para tomar decisiones e intervenir en las reuniones en su lugar. Últimamente se ha acercado mucho a Curst, incluso ha empezado a fumar, con el fin exclusivo, sospecha Sarah, de compartir las pausas del cigarrillo de su mentor. Nunca se sabe lo que puede hacerte ganar un ascenso...

En el hospital, Sarah ha comenzado el tratamiento. Pero, contra la opinión del oncólogo, se niega a pedir unos días de baja. Faltar supone dejar su puesto, abandonar su territorio, un juego demasiado arriesgado. Tiene que mantenerse firme a toda costa. Todas las mañanas se levanta animada para ir a trabajar. No permitirá que el cáncer le arrebate lo que ha tardado años en construir. Luchará con uñas y dientes para conservar su reino. Basta ese pensamiento para mantenerla en pie, para darle la fuerza, los ánimos, la energía que necesita.

Ya se lo ha advertido el oncólogo: el tratamiento será duro y los efectos secundarios aún más. Hizo una lista exhaustiva en forma de tabla y se la entregó; precisaba cuándo empezaría a tener náuseas, qué pasaría con su pelo, sus uñas, sus cejas, su piel, sus manos, sus pies... Lo que la espera durante los meses de terapia, día tras día. Sarah sale con una docena de recetas para otros tantos efectos que contrarrestar.

Lo que no contó, lo que no le ha mencionado nadie, es un efecto aún más indeseable que el síndrome mano-pie, más terrible que las náuseas o la neblina cognitiva que a veces la envuelve. Ese efecto, para el que no estaba preparada, que no hay receta capaz de neutralizar, es la marginación que lleva aparejada la enfermedad, el lento y doloroso vacío que se le está haciendo.

Al principio, Sarah no quiere ponerle nombre a lo que está pasando en el bufete. Prefiere pasar por alto los «olvidos» de sus compañeros y esa repentina indiferencia en los ojos de Johnson. En realidad, la palabra no es «indiferencia»; se trata más bien de una especie de distancia, de un enfriamiento de sus relaciones. Hacen falta varias semanas de citas a las que no la invitan, reuniones a las que no la convocan, casos que no le asignan y clientes que no le presentan, para que Sarah se convenza al fin: están dejándola de lado.

Esa violencia tiene un nombre que le cuesta pronunciar: discriminación. Una palabra que ha oído cientos de veces en sus juicios, aunque nunca le ha afectado realmente, o eso creía. Pero la definición se la sabe de memoria: «Cualquier distinción establecida entre las personas en razón de su origen, sexo, situación familiar, embarazo, aspecto físico, nombre, estado de salud, incapacidad, características genéticas, costumbres, orientación o identidad sexual, edad, opiniones políticas, actividades sindicales, pertenencia o no pertenencia, cierta o supuesta, a una etnia, nación, raza o religión determinadas.» A veces, el término se asocia con el concepto «estigma», tal como lo define el sociólogo Erving Goffman:

«Característica que hace al individuo diferente del grupo en el que se lo desea clasificar.» De modo que un individuo que lo padece es un «estigmatizado», a diferencia de los demás, a quienes Goffman llama «normales». Ahora Sarah lo sabe: es una estigmatizada. Comprende que, en una sociedad que valora por encima de todo la juventud y la vitalidad, no hay sitio para los enfermos y los débiles. Y ella, que pertenecía al mundo de los poderosos, está tambaleándose, va a cambiar de bando.

¿Qué puede hacer contra eso? Contra la enfermedad sabe cómo luchar, tiene armas, tratamientos, médicos a su lado. Pero ¿qué tratamiento hay contra la exclusión? Poco a poco la están empujando hacia la salida, la están encerrando en un armario. ¿Qué puede hacer para invertir la trayectoria?

Luchar, sí, pero ¿cómo? ¿Denunciar a Johnson & Lockwood por discriminación? Eso implica dimitir. Si se va, no recibirá ninguna ayuda, no se beneficiará de ninguna protección social. ¿Buscar trabajo en otro sitio? ¿Quién los contrataría a ella y a su cáncer? ¿Abrir su propio bufete? Una perspectiva atrayente, pero requiere una inversión. Los bancos sólo prestan a quien tiene buena salud, y Sarah lo sabe. Además, ¿qué clientes se irían con ella? No podría prometerles nada, ni siquiera que seguiría ahí al cabo de un año para defender sus intereses.

Recuerda un caso terrible de hace unos años: una mujer que trabajaba como secretaria en un consultorio, que defendió un compañero de Sarah. Tenía dolores de cabeza y se lo dijo al médico para el que trabajaba, que la examinó y, tras someterla a unas pruebas, la convocó esa misma tarde para comunicarle su despido: tenía cáncer. Por supuesto, las razones alegadas eran «económicas», pero no engañaron a nadie. El proceso duró tres años. La mujer acabó ganando. Murió poco después.

La violencia que se ejerce contra ella es más suave. No parece tal. Es insidiosa, y por lo tanto más difícil de probar. Pero es real.

Una mañana de enero, Johnson la llama arriba, a su despacho. Fingiendo aflicción, le pregunta cómo está. Bien, gracias. Con la quimio, sí. En ese momento, Johnson menciona a un primo lejano al que trataron de un cáncer hace veinte años y que ahora está en plena forma. A Sarah le importan un pimiento todas esas curaciones que le sacan cada dos por tres y le arrojan a la cara como un hueso para roer. Le gustaría contestarle que su madre también murió de cáncer, que ella está muy enferma, que se meta su falsa compasión donde le quepa. No se imagina lo que es tener tantas llagas en la boca que no puedes comer, sentir que los pies te queman de tal manera que al final del día ya no puedes andar, estar tan agotada que la escalera más corta te parece un obstáculo insalvable... Detrás de su aparente conmiseración, a Johnson le trae sin cuidado que al cabo de unas semanas ella ya no tenga pelo, que su cuerpo esté tan escuálido que cuando lo ve en el espejo se asusta, que tenga miedo de todo, miedo a sufrir, miedo a morir, que ya no duerma por la noche, que vomite tres veces al día, que algunas mañanas dude incluso de poder tenerse en pie. Así que, que les den a él y a su mala conciencia. Y a su primo también.

Como siempre, Sarah se muestra educada.

Johnson entra en materia: quiere ponerle a un socio que la ayude con el caso Bilgouvar. Se queda helada. Tarda unos instantes en protestar. Bilgouvar es cliente suyo desde hace años, no necesita a nadie para gestionar sus intereses. Johnson suspira y, acto seguido, le recuerda aquella reunión, la única a la que Sarah ha llegado tarde. Se había levantado al amanecer para ir a hacerse una prueba en el hospital antes de empezar la jornada laboral. El aparato de IRM se bloqueó: qué mala pata, dijo el técnico con cierta turbación, pasa de ciento a viento. Salió disparada para reducir al mínimo el retraso y llegó jadeando a la reunión, que apenas había empezado. Por supuesto, eso a Johnson le trae sin cuidado, no le interesan las explicaciones de Sarah, ni las historias de chismes que no funcionan. Por suerte, Inès estaba allí. Siempre puntual, subraya Johnson, siempre perfecta. También está la indisposición que sufrió Sarah durante un juicio, que tuvo que ser aplazado, recalca. Y entonces adopta esa voz melosa, esa voz que Sarah detesta más que ninguna otra cosa, para decirle que comprende-que-tiene-obligaciones-médicas, que allí-todos-desean-que-se-recupere-completamente-y-cuanto-antes; a Johnson se le da muy bien eso, esas frases hechas que no quieren decir nada, que suenan huecas. Opina que Sarah-necesita-que-la-ayuden, es-la-vocación-y-la-esencia-misma-de-este-bufete, el-trabajo-en-

151

equipo. Para-apoyarla-en-este-difícil-momento-va-a-proporcionarle-la-ayuda-de... Gary Curst.

Si no estuviera sentada, se habría caído al suelo.

Preferiría cualquier cosa, cualquier cosa en vez de lo que está a punto de ocurrir.

Preferiría que la despidieran, que la pusieran de patitas en la calle. Preferiría que la abofetearan, que la insultaran, al menos sería algo evidente. Cualquier cosa antes que ese boicot, esa lenta e insoportable agonía. Se siente como un toro al que van a matar en el ruedo. Sabe que es inútil protestar, que ninguno de los argumentos que podría esgrimir cambiará la situación. Su suerte está echada, Johnson la ha decidido. Enferma, ya no le es de ninguna utilidad. Es un valor con el que ya no quiere contar.

Curst va a sacar tajada del caso Bilgouvar. Le va a quitar su cliente principal. Johnson lo sabe. Entre los dos se disponen a despedazarla mientras ella está en el suelo. A Sarah le gustaría pedir socorro, le gustaría gritar «¡Al ladrón!», como en los juegos de sus hijos. Pero sería como clamar en el desierto. Nadie la escuchará, nadie acudirá en su ayuda. Los ladrones van bien vestidos, el robo no se ve, incluso tiene apariencia de respetabilidad. Es una violencia chic, una violencia perfumada, una violencia de traje.

Gary Curst ha obtenido su venganza. Con el caso Bilgouvar se convierte en el socio más poderoso del bufete, el sucesor soñado por Johnson. Él no está enfermo, no es débil, al contrario, está en plena forma, como un vampiro ahíto de la sangre de los demás.

Al final de la conversación, Johnson la mira con cara de pena y le suelta una frase cruel: «Pareces agotada. Deberías irte a casa y descansar.»

Sarah vuelve a su despacho devastada. Sabía que recibiría golpes, pero éste no se lo esperaba. Unos días después, cuando salta la noticia, ni siquiera la sorprende: Curst se convierte en *Managing Partner*. Sucede a Johnson en el puesto más alto, al frente del bufete. Ese nombramiento anuncia el fin de la carrera de Sarah.

Ese día vuelve a casa a primera hora de la tarde. Es una hora nueva para ella, una hora en que su casa está vacía. Todo está en silencio. Se sienta en la cama y se echa a llorar, porque piensa en la mujer que ha sido, que era todavía ayer, una mujer fuerte y obstinada que tenía su sitio en el mundo, y se dice que hoy el mundo la ha abandonado.

Ahora ya no hay nada que frene su caída.

El descenso ha empezado.

Esta mañana se ha roto un hilo.
No suele ocurrir,
pero ha sucedido.

Es un desastre, un maremoto
a escala reducida,
que destruye el trabajo de muchas jornadas.

Así que pienso en Penélope,
que cada día pacientemente rehace
lo que de noche desteje.

Hay que volver a empezar.

El modelo va a gustar, me consuela pensarlo.
Tengo que sujetar el hilo
y no soltarlo.

Volver a empezar y continuar.

Smita

Benarés, Uttar Pradesh, India

Smita se despierta sobresaltada en el andén donde ha acabado adormilándose, con Lalita hecha un ovillo contra su cuerpo. Despunta el día. Cientos de personas han echado a correr hacia un tren que acaba de llegar, llevándoselo todo por delante. Alarmada, Smita despierta a la niña.

¡Vamos!
¡El tren está aquí!
¡Rápido!

A toda prisa, recoge sus cosas —por miedo a los ladrones, ha dormido sobre el bolso—, agarra a Lalita de la mano y sale disparada con ella hacia los coches de tercera. En el andén hay una auténtica muchedumbre, un mar de gente que se empuja, se da codazos, se pisa... *Chalo, chalo!*, gritan por todas partes. «¡Vamos, vamos!» Smita se agarra a la manija de la puerta del coche; la presión es tremenda, pero ella se agarra con fuerza. Trata de hacer subir primero a Lalita, porque le da miedo

155

que la pequeña se asfixie entre los ansiosos pasajeros. En ese momento la asalta una duda. Se vuelve hacia un hombre flaco que está junto a ella y le grita: ¿Éste es el tren que va a Chennai?

¡No, va a Jaipur! —responde el hombre—. ¡No hay que fiarse de los indicadores, suelen estar equivocados! —añade.

Smita coge a Lalita, que ya casi estaba en el coche, y vuelve atrás abriéndose paso con dificultad entre el gentío, como un salmón que remonta la corriente.

Tras muchas idas y venidas, informaciones contradictorias y un intento vano de preguntarle a un policía, Smita y Lalita dan al fin con el tren que va a Chennai. Suben al coche azul de *sleeper class*. Es un vagón sin aire acondicionado, viejo e incómodo, por el que corretean ratones y cucarachas. Se deslizan como pueden en el abarrotado compartimento hasta un diminuto asiento de madera. En el espacio de unos metros cuadrados ya se apretuja una veintena de personas. Sobre sus cabezas, los portaequipajes están ocupados por hombres y mujeres, cuyas piernas cuelgan en el vacío. Será un viaje largo: más de dos mil kilómetros por recorrer en esas condiciones. Es un tren ómnibus, más barato que el expreso. Va despacio y para en todas partes. Atravesar India... Qué locura, se dice Smita. La humanidad entera viaja allí, exhausta, asfixiada, amontonada en esos coches de última clase. En todas partes, familias, bebés, ancianos sentados en el suelo o de pie, apretujados hasta el punto de no poder moverse.

Las primeras horas de viaje transcurren sin novedad. Lalita duerme y Smita da cabezadas en un duermevela sin sueños. De pronto, la niña se despierta apremiada por una necesidad urgente. Smita intenta abrirse paso con ella hasta el final del coche. Es una tarea complicada: cuesta pasar entre los numerosos pasajeros sentados en el suelo sin pisarlos. Pese a su cuidado, tropieza con uno, que la increpa con furia.

Cuando llegan al aseo, la puerta está cerrada por dentro. Smita intenta abrirla y luego llama varias veces con los nudillos. Es inútil, le dice una anciana desdentada y con la tez curtida como un pergamino, que está sentada en el suelo, llevan horas encerrados ahí. Una familia entera que buscaba un sitio donde sentarse y dormir. No saldrán hasta que acabe el viaje, asegura la mujer. Smita empieza a llamar a la puerta, primero con impaciencia, luego suplicante. No merece la pena, repite la anciana, ya lo han intentado otros.

Mi hija no puede aguantar, farfulla Smita. La anciana desdentada señala un rincón del coche: sólo puede hacerlo ahí o esperar hasta la próxima parada. Lalita, que a sus seis años ya tiene un agudo sentido de la dignidad, parece paralizada: no quiere hacer sus necesidades delante de los demás viajeros. Smita le hace comprender que no hay más remedio. No pueden arriesgarse a bajar en la próxima parada, es demasiado breve. En la estación anterior se ha quedado en tierra toda una familia: el andén estaba abarrotado y no han podido volver al tren, que se ha ido sin ellos y los ha dejado en medio de la nada, en aquella estación desconocida, sin equipaje.

Lalita niega con la cabeza. Prefiere esperar. Dentro de una o dos horas harán una parada más larga, en Jabalpur. Se aguantará hasta entonces.

Mientras vuelven a su sitio, un olor pestilente, un hedor mezcla de orina y excrementos, invade el coche. Ocurre en cada estación donde se detienen: los habitantes de las poblaciones tienen la costumbre de ir a hacer sus necesidades junto a las vías del tren. Smita conoce bien ese olor, que es igual en todas partes, no tiene fronteras y no sabe de escalas, castas ni riqueza. Está acostumbrada, pero aguanta la respiración, como ha hecho tantas veces durante sus rondas diarias. Con un pañuelo, se tapa la nariz y la de su hija.

Eso se acabó. Se lo ha prometido a sí misma. No seguir viviendo en apnea. Respirar libre, con dignidad al fin.

El tren vuelve a arrancar. El hedor se disipa para dar paso al de los apretujados y sudorosos cuerpos, menos asfixiante, pero nauseabundo. Pronto es mediodía, y en los abarrotados compartimentos, donde un simple ventilador remueve el aire fétido, el calor es difícil de soportar. Smita hace que Lalita beba agua y, a su vez, toma unos sorbos.

El día se alarga en un sopor húmedo. Hay quienes se lustran los zapatos en mitad del compartimento. Otros contemplan el paisaje a través de la puerta entreabierta o pegan la cara a los barrotes de las ventanillas, esperando recibir una bocanada de aire fresco, pero lo único que entra por ellas es una corriente de aire abrasador. Un hombre recorre el tren recitando oraciones y rociando con agua la cabeza de los viajeros a modo de bendición. Un mendigo barre el suelo del coche y pide unas monedas por el servicio. Cuenta a quien quiere oírlo su triste historia. Trabajaba en el campo con su familia, en el norte, cuando unos granjeros ricos fueron a buscar a su padre, que les debía dinero. Lo molieron a palos, le fracturaron los brazos y las piernas y le arrancaron los ojos, antes de colgarlo de los pies delante de toda su familia. El siniestro relato provoca que Lalita se estremezca. Smita increpa al mendigo: que se vaya a barrer a otra parte, ahí hay niños.

A su lado, una mujer oronda, empapada en sudor, explica que se dirige al templo de Tirupati para hacer una ofrenda. Smita sale de su letargo. El hijo de la mujer cayó enfermo; según los médicos, estaba perdido. Un curandero le aconsejó hacer un sacrificio en un templo y su hijo se recuperó. Ahora va a agradecer el milagro a Visnú depositando alimentos y coronas de flores al pie de su estatua. Para hacerlo, se ha embarcado en una expedición de varios miles de kilómetros. Se queja de las condiciones del viaje, pero qué se le va a hacer, añade: Dios decide si el camino que lleva hasta él debe ser difícil.

Llega la noche. En el coche la gente se organiza para lograr algo parecido al descanso. Los asientos de madera se convierten en literas. Pero cuesta dormir en ellas. Smita acaba adormilándose pegada al cuerpecillo de Lalita, junto a la mujer gorda. Vuelve a pensar en la promesa que le hizo a Visnú antes de iniciar el viaje. Tiene que cumplir su palabra, se dice.

En algún lugar entre el estado de Chhattisgarh y el de Andhra Pradesh, tendida en su cama de madera en la oscuridad de la noche, Smita toma una decisión: al día siguiente, Lalita y ella no continuarán el viaje a Chennai, como tenía previsto. Cuando el tren se detenga en Tirupati, se apearán y se dirigirán a la montaña sagrada para rendir homenaje a su divinidad. Calmada por ese pensamiento, Smita se duerme: Visnú las espera.

Su dios está ahí, muy cerca.

Giulia

Palermo, Sicilia

Giulia se ha reunido con Kamal en la calle, en mitad de la noche. Frente a él, de pronto se siente inquieta. ¿Qué va a decirle? ¿Que la ama? ¿Que no quiere que se separen? Seguramente tratará de retenerla, de impedir esa boda absurda. Como en las telenovelas que la *mamma* ve a todas horas, Giulia espera abrazos y despedidas desgarradoras... Sin embargo, tendrán que decirse adiós.

Pero Kamal no lloriquea. Ni siquiera está emocionado, más bien excitado, impaciente. Sus ojos tienen un brillo extraño. Habla en voz baja, con rapidez, como quien revela un secreto.

Puede que tenga la solución para el taller, dice.

Y, sin más explicaciones, la coge de la mano y se la lleva hacia el mar, a la gruta en la que suelen encontrarse.

En la oscuridad, Giulia apenas distingue sus facciones. Kamal le dice que ha leído su carta. El cierre del taller no es inevitable, hay una solución que podría salvarlas. Giulia lo mira de hito en hito, con incredulidad. ¿Qué extraña energía se ha apoderado de él? Kamal, tan tranquilo habitualmente, está exaltado. Aunque es cierto que el código de conducta de los sijs les prohíbe cortarse el pelo, continúa, eso no afecta a los hindúes de su país. Al contrario, ellos se lo cortan a millares en los templos, como ofrenda a sus dioses. El acto de raparse la cabeza se considera sagrado, pero el pelo en sí, no: se recoge y se vende en los mercados. Incluso hay quien ha convertido esa actividad en un negocio. Si ahí falta materia prima, lo que hay que hacer es ir a buscarla allí. Importarla. Es la única forma de salvar el taller.

Giulia no sabe qué decir. Vacila entre la estupefacción y la incredulidad. El plan de Kamal le parece un despropósito. Pelo indio, qué ocurrencia... Desde luego, ella sabría tratarlo. Conoce la fórmula química de su padre; podría decolorarlo, darle ese blanco lechoso que permite volver a teñirlo a continuación. Tiene los conocimientos y la capacidad. Pero la asusta la idea. Importar... Le parece una palabra casi bárbara, como adoptada de otro idioma, un idioma que no es el de ahí, el de los pequeños talleres. El pelo que tratan los Lanfredi proviene de Sicilia, siempre ha sido así, es pelo local, pelo de la isla.

Cuando una fuente se agota, hay que buscar otra, responde Kamal. Los italianos ya no guardan el pelo, pero ¡los indios lo dan! Todos los años visitan los templos miles de personas. Su pelo se vende a toneladas. Es un maná prácticamente inagotable.

Giulia no sabe qué pensar. La idea la seduce y, un segundo después, le parece fuera de su alcance. Kamal le asegura que puede ayudarla. Habla el idioma, conoce el país. Podría ser el enlace entre Italia e India. Este hombre es maravilloso, parece creer que todo es posible, se dice Giulia, y se reprocha su escepticismo y su falta de esperanza.

Vuelve a casa con la cabeza echando humo. Su mente se agita como un mono en su jaula, imposible de calmar. No podrá dormir, es inútil intentarlo. Enciende el ordenador y se pasa el resto de la noche haciendo búsquedas de manera febril.

Kamal tiene razón. En internet, Giulia ve imágenes de mujeres y hombres indios en los templos. La gente va a ofrecer su cabellera a las divinidades con la esperanza de obtener una buena cosecha, ser feliz en el matrimonio o tener mejor salud. La mayoría son personas pobres, intocables que no poseen otra cosa que su pelo.

También está ese hombre de negocios inglés que, según un artículo que acaba de descubrir, ha hecho fortuna con la venta de pelo importado. Ahora es famoso en el mundo entero. Se desplaza en helicóptero. A su fábrica de Roma llegan toneladas de cabello indio. La mercancía viaja en avión al aeropuerto de Fiumicino, desde el que se transporta a una zona industrial del

163

norte de la ciudad, donde es tratada en inmensos talleres. El pelo indio es el mejor, asegura el inglés. Tumbado en una hamaca junto a la piscina de su villa romana, explica cómo lo desinfectan, desenredan y sumergen en baños de despigmentación, antes de volverlo a teñir de rubio, castaño, pelirrojo o caoba, hasta que es absolutamente igual que el cabello europeo. «El oro negro se vuelve oro rubio», dice con satisfacción. Luego los mechones se clasifican por longitud, se empaquetan y se envían a todos los rincones del mundo, donde se transforman en extensiones o pelucas. Cincuenta y tres países y veinticinco mil peluquerías, ¡las cifras dan vértigo! Su empresa se ha convertido en una multinacional. Al principio se burlaban de él y de su absurda idea, confiesa. Pero la firma ha prosperado. Hoy cuenta con quinientos empleados y plantas de producción en tres continentes, y cubre el ochenta por ciento del mercado mundial, concluye con orgullo.

Giulia está perpleja. Según el inglés, es coser y cantar. ¿Será capaz de hacer ella lo mismo? ¿Cómo logrará esa hazaña? ¿De verdad cree estar a la altura de semejante proyecto? Transformar el taller familiar en empresa industrial, ¿no es simplemente una quimera? Pero el inglés lo ha hecho. Si él lo ha conseguido, ¿por qué no lo va a lograr ella?

Una duda la inquieta más que las demás: ¿Qué opinaría el *papà*? ¿La apoyaría en esa aventura? Su padre siempre decía que había que pensar a lo grande, ser audaz y tener iniciativa. Pero sentía un enorme apego por sus raíces y su identidad. Pelo siciliano, solía decir a quien quisiera escucharlo, señalando los mechones. Entonces ¿cambiar sería traicionarlo?

Giulia piensa en las fotos del despacho, la suya junto a las de su padre y su abuelo, las tres generaciones de Lanfredi que se han sucedido al frente del taller. Y se dice que la verdadera traición sería renunciar. Tirar por la borda el trabajo de sus vidas, ¿no sería eso, traicionarlos de verdad?

De pronto, quiere creerlo. No se hundirán. El taller no está condenado. No se casará con Gino Battagliola. La idea de Kamal es un regalo, una oportunidad, un don de la providencia. Esto es el *Costa Concordia*, se dijo aquel día ante el escritorio del *papà*, pero ahora le parece que un barco se acerca en la oscuridad para socorrerlos y lanzarles un bote salvavidas.

Piensa en Kamal y de pronto comprende que no fue casualidad que lo conociera el día de Santa Rosalía. Es un enviado. Dios la ha escuchado y ha atendido sus plegarias.

Ahí está la señal, el milagro que esperaba.

Smita

¡Tirupati! ¡Tirupati!, grita un hombre en el vagón.

Poco después, los frenos chirrían en los raíles y el tren se detiene en la estación. Al instante, el alud de peregrinos inunda el andén. Van cargados de mantas, maletas, cubiletes de metal, comida, flores, ofrendas, llevan niños en los brazos, ancianos a la espalda. Todos se apresuran hacia la salida para dirigirse a la colina sagrada. Atrapada en la riada humana, incapaz de resistir su empuje, Smita agarra con fuerza la mano de Lalita, pero, temiendo que acaben por separarlas, termina cogiéndola en brazos. La estación parece un hormiguero en el que se agitaran decenas de miles de insectos. Se habla de cincuenta mil peregrinos que llegan a diario —hasta diez veces más los días festivos— para rendir tributo al Lord Venkateshwara, el «Señor de las Siete Colinas», una de las encarnaciones de Visnú. Le atribuyen el poder de satisfacer cualquier petición que se le haga. Su gigantesca estatua reposa en el santuario del templo, en lo más alto de la colina sagrada, a cuyos pies se extiende la ciudad.

Al contacto con esos miles de almas fervorosas, Smita es presa de una especie de exaltación y, al mismo tiempo, de un enorme temor. En medio de esa multitud de desconocidos, que, sin embargo, comparten su mismo impulso, se siente ridículamente pequeña. Todos acuden con la esperanza de una vida mejor, o para agradecer un favor: el nacimiento de un hijo, la curación de un familiar, una buena cosecha, un matrimonio feliz.

Para llegar al templo, algunos corren hacia los autobuses que llevan a los peregrinos a lo alto de la montaña por cuarenta y cuatro rupias. Pero todos saben que la verdadera peregrinación se hace a pie. Smita no ha llegado desde tan lejos para ahora tomar el camino fácil. Se quita las sandalias y también a su hija, como manda la tradición. Son muchos los que, como ellas, se descalzan en señal de respeto, para iniciar la ascensión de la escalinata que conduce a las puertas del templo. ¡Tres mil seiscientos peldaños, cerca de quince kilómetros, tres horas de esfuerzo!, anuncia un vendedor de fruta sentado al borde del camino. A Smita le preocupa la niña: apenas han dormido en el tren incómodo y abarrotado, y está cansada. Da igual, ya no pueden echarse atrás. Irán a su ritmo, aunque tarden todo el día. Visnú ha velado por ellas, las ha llevado hasta allí, no pueden desfallecer cuando están tan cerca de él. Smita se gasta unas rupias en un par de cocos; Lalita devora uno con avidez y conservan el otro, que, según la costumbre, rompen en el primer peldaño del recorrido como ofrenda a Visnú. Otros encienden velitas, que dejan en cada escalón: hacen falta mucho ánimo y mucha voluntad para subir hasta el templo con la espalda encorvada. También hay quienes aplican a los peldaños una mezcla de pigmento y agua que les da un tono púrpura y ocre deslumbrante. Los más piadosos y los más fervorosos hacen el recorrido de rodillas. Smita ve a toda una familia que sube de ese modo, lentamente y componiendo una mueca de dolor en cada escalón. Qué abnegación, se dice con envidia.

Tras el primer cuarto del recorrido, Lalita da muestras de cansancio. Hacen pausas para beber agua y recuperar el aliento. Al cabo de una hora de subida, la pequeña no puede más. Smita aúpa su frágil cuerpecillo y se lo coloca a la espalda para continuar la ascensión. Ella, que tampoco es muy fuerte, está al borde de la extenuación, pero totalmente entregada a su objetivo, concentrada en la imagen del bienamado dios, ante el que pronto se encontrará. Siente que hoy Visnú multiplica sus fuerzas para permitirle llegar a lo alto y arrodillarse ante él.

Hace rato que Lalita duerme cuando su madre culmina la ascensión. Smita se sienta para recuperar el aliento ante las puertas del templo, cuyo recinto sagrado está rodeado de altos muros. Una gigantesca torre de granito blanco de estilo dravidiano se eleva hacia el cielo. Smita no ha visto nunca nada semejante. Tirumala es un mundo en sí mismo, más poblado que una ciudad. Como manda la tradición, allí no se vende alcohol, comida ni cigarrillos. Al interior se accede pagando una entrada; la más barata cuesta doce rupias, le explica a

Smita un peregrino anciano. Una nutrida muchedumbre se apelotona ante las taquillas, en las que de vez en cuando aparece una cara. Smita comprende que el duro ascenso sólo ha sido un anticipo de lo que las aguarda. Para poder entrar en el santuario tendrán que esperar horas.

Es tarde, empieza a anochecer. Smita necesita descansar. Tiene que dormir un poco, o al menos intentarlo. En ese momento, uno de los numerosos vendedores de flores y recuerdos que se apretujan ante las puertas del templo avanza hacia ella. Se ha fijado en su aspecto desamparado y su enorme cansancio. Hay dormitorios gratuitos destinados a los peregrinos, le dice. Puede mostrarle el camino. El hombre la observa y luego su mirada se demora en Lalita. A cambio de uno o dos favores las guiará hasta allí. Smita coge a su hija y la aparta con rapidez del depredador, que sin embargo tenía un rostro agradable, parecía un ángel... Smita se estremece ante la idea de pasar la noche a la intemperie. Dos mujeres solas son presa fácil. Necesitan encontrar un refugio. Es una cuestión de supervivencia. Al borde de la carretera, un *sadhu* vestido con un largo *longhi* amarillo, el color de los visnuitas, le indica la dirección que debe seguir.

El primer dormitorio está cerrado; el segundo tiene el cartel de COMPLETO. En la entrada del tercero, una anciana les informa de que sólo le queda una cama. No importa. Smita y Lalita han compartido tantas cosas que tienen la sensación de no ser más que una sola persona. Entran en la sala destartalada, en la que se alinean decenas de lechos modestos, se acuestan la una junto a la otra y, pese al barullo, caen en un sueño profundo.

Sarah

Lleva tres días sin levantarse de la cama.

Ayer llamó al médico para pedirle la baja, la primera de su carrera. No quiere volver al bufete. Ya no soporta la hipocresía, el boicot que está padeciendo.

Primero fue la negación, la incredulidad. Luego la cólera, una rabia incontrolada que se apoderó de ella. Le siguió el abatimiento, inabarcable, como una extensión desértica que no ofrecía escapatoria.

Sarah siempre ha sido dueña de sus decisiones, de las direcciones que tomaba su vida; era una *executive woman*, como dicen allí, literalmente «una persona que ocupa una posición de mando en una empresa o compañía, toma decisiones y hace que se apliquen». Ahora las padece. Se siente traicionada, como una mujer repudiada a la que se rechaza porque no ha dado lo que se esperaba de ella, porque se la considera inepta, incompetente, estéril.

Después de haber roto el techo de cristal, ha chocado contra el muro invisible que separa el mundo de los sanos del de los enfermos, los débiles, los vulnerables, al que ahora pertenece. Johnson y los suyos la están enterrando. Han arrojado su cuerpo a una fosa y lo sepultan poco a poco, con grandes paladas de sonrisas, con grandes dosis de falsa compasión. Profesionalmente, está muerta. Lo sabe. Como en una pesadilla, asiste impotente a su propio entierro. Por más que grita, que aúlla que está ahí dentro, viva en el ataúd, nadie la escucha. Su calvario empieza a parecer un sueño en plena vigilia.

Mienten todos, aunque sean tantos. Le dicen «sé fuerte», le dicen «saldrás de ésta», le dicen «estamos contigo», pero sus gestos indican lo contrario. La han puesto en la lista negra, la han dejado caer como quien tira a la basura una cosa que ya no sirve.

A ella, que lo ha sacrificado todo por el trabajo, la sacrifican ahora en el altar de la eficacia, de la rentabilidad, del rendimiento. Camina o muere. Que muera de una vez.

Su plan no ha funcionado. Su muro se ha derrumbado, dinamitado por la ambición de Inès, unida a la de Curst, con la bendición de Johnson. Sarah creía que él la defendería, o al menos que lo intentaría. La ha abandonado a su suerte sin pestañear. Le ha quitado lo único que la mantenía en pie, lo único que le daba fuerzas para levantarse todas las mañanas: su yo social, su vida profesional, la sensación de ser alguien en este mundo, de tener su sitio en él.

Lo que temía ha acabado pasando: se ha convertido en su cáncer. Es el tumor personificado. La gente ya no ve en ella a una mujer de cuarenta años, brillante, elegante, eficiente, sino la encarnación de su enfermedad. Para los demás ya no es una abogada enferma, sino una enferma abogada. La diferencia es enorme. El cáncer asusta. Aísla, aleja. Apesta a muerte. En su presencia, la gente prefiere volverse, taparse la nariz.

Intocable, eso es lo que Sarah es ahora. Un ser humano relegado al margen de la sociedad.

Así que no, no volverá allí, a ese circo que la ha condenado. No la verán caer. No dará ese espectáculo, no se arrojará a los leones. Todavía le queda eso: su dignidad. El poder de decir no.

Esta mañana no ha tocado la bandeja del desayuno que le ha preparado Ron. Los gemelos han acudido a darle un beso y se le han metido en la cama. Ella ni siquiera ha reaccionado al contacto de sus cuerpos cálidos y flexibles. Hannah le ha suplicado, lo ha intentado todo para hacer que se levantase. La ha animado, amenazado, culpado... En vano. Sabe que, cuando vuelva por la tarde, encontrará a su madre en la misma posición.

Sarah se pasa los días así, en un letargo enfermizo, en un embotamiento progresivo. Poco a poco se abandona a la deriva, que la aleja del mundo. Vuelve a ver la película de esas últimas semanas y se pregunta qué podría haber hecho para cambiar el curso de las cosas. Seguramente nada. La partida se jugó sin ella. *Game over*. Se acabó.

Fingir que todo va bien, que nada ha cambiado, hacer vida normal, no perder la cabeza, resistir, poner buena cara... Sarah se creía capaz. Pensaba gestionar la enfermedad como si fuera un caso: con método, aplicación y voluntad. No ha sido suficiente.

Soñando medio despierta, imagina la reacción de sus compañeros ante el anuncio de su muerte. Es una idea macabra, pero se recrea en ella, como cuando sufrimos y decidimos oír su música triste. Le parece ver sus ojos llorosos, su expresión falsa y apenada. «El tumor era maligno», dirán. O: «Sabía que estaba condenada.» «Era demasiado tarde». O peor aún: «Esperó demasiado», y la harán así responsable, casi culpable, de su destino. La verdad es muy distinta. Lo que la está matando, lo que la devora poco a poco, no es sólo el tumor que ha tomado posesión de su cuerpo y marca el compás de la danza, una danza cruel con pasos imprevisibles, no; lo que la está matando es el abandono de aquellos a quienes consideraba sus iguales en ese bufete cuyo prestigio contribuyó a cimentar. Era su razón de ser, el sentido de su vida, su *ikigai*, como lo llaman los japoneses: sin él, ya no existe. No es más que un ser vacío, privado de su sustancia.

Su credulidad sigue sorprendiéndola. Temía que su enfermedad desestabilizara el bufete, pero se ha topado con una verdad mucho más dura: funcionan perfectamente sin ella. Le darán su plaza de parking a otro, y también su despacho. Se pegarán por conseguirlos. Esa idea la destroza.

Preocupado, su médico le ha recetado antidepresivos. Según él, la-depresión-es-una-reacción-frecuente-tras-el-anuncio-de-una-enfermedad-grave. Es-un-factor-desfavorable-para-la-evolución-del-cáncer. Tiene-que-sobreponerse. Pobre idiota. La enferma no es ella, la que necesita tratamiento es la sociedad entera. Deberían proteger, acompañar a los débiles, pero les dan la espalda, como la manada que deja atrás al elefante viejo, condenándolo a una muerte solitaria. Una vez leyó la siguiente frase en un libro infantil sobre los animales: «Los carnívoros son útiles para la naturaleza, porque devoran a los débiles y los enfermos.» Su hija se echó a llorar. Sarah la consoló diciéndole que los seres humanos no obedecen a esa ley. Se creía en el lado bueno de la barrera, en un mundo civilizado. Se equivocaba.

Así que pueden recetarle tantas pastillas como quieran, no cambiarán nada, o casi nada. Siempre habrá Johnsons y Cursts para volver a hundirle la cabeza en el agua.

Hijos de perra.

Los niños se han ido. La casa ha vuelto a quedar en silencio. Sarah se levanta. Lo único que es capaz de hacer por las mañanas es ir hasta el cuarto de baño. En el espejo, se ve la piel tan blanca como el papel y tan fina que la luz parece atravesarla. Se le marcan las costillas y sus piernas son como dos barras de pan que se partirán como cerillas en cuanto dé un mal paso. Antes las tenía bien torneadas, los elegantes trajes sastre se amoldaban a sus nalgas de un modo favorecedor y su escote era un arma de seducción de eficacia probada. Sarah gustaba, era un hecho. Pocos hombres se le resistían. Había tenido líos, aventuras, incluso dos amores, sus dos maridos, sobre todo el primero, al que tanto quiso. ¿Quién la encontraría atractiva ahora, con la cara demacrada y el cuerpo enflaquecido dentro de un chándal demasiado grande, que flota a su alrededor como la sábana de un fantasma? La enfermedad prosigue su labor de zapa, dentro de poco no tendrá más remedio que ponerse las cosas de su hija, que será lo único que le vaya bien, ropa infantil para doce años. ¿Qué llama podrá encender así? ¿En los ojos de quién? De pronto, se dice que en esos momentos daría lo que fuera por que alguien la tomara entre sus brazos. Por sentirse mujer unos segundos más en los brazos de un hombre. Sería tan agradable...

Un pecho de menos. Al principio no quiso admitir la pena, el sufrimiento. Como siempre ha hecho, arrojó un velo sobre el asunto en un intento un poco inútil de mantenerlo a distancia, detrás de una pantalla. No es nada, se repetía, la cirugía plástica hace milagros. La palabra, sin embargo, le pareció realmente fea: «ablación», que rima con sanción, agresión, mutilación, amputación, demolición... Es posible que también con curación, si tiene suerte. ¿Alguien puede prometérselo? Cuando Hannah supo lo de la enfermedad, pareció ponerse muy triste. Reflexionó un momento y luego dijo esta frase: «Tú eres una amazona, mamá.» Poco antes había escrito una redacción sobre el tema, que Sarah le había corregido. Aún la recuerda:

175

«"Amazona" viene del griego "mazos", "mama", precedido de "a", significa "privado de". Esas mujeres de la Antigüedad se cortaban el pecho derecho para disparar mejor con el arco. Formaban un pueblo de guerreras, de combatientes temidas y al mismo tiempo respetadas, que se unían a los varones de los pueblos vecinos para reproducirse, pero criaban a sus hijos solas. Para las tareas domésticas, utilizaban hombres. Combatían en numerosas guerras, de las que a menudo salían victoriosas.»

Por desgracia, Sarah no está segura de poder ganar esa guerra. El cuerpo que durante años ha forzado e ignorado, el cuerpo que ha descuidado, al que a veces incluso ha hecho pasar hambre —no había tiempo para dormir, para comer—, ahora se toma la revancha. Le recuerda cruelmente que existe. Ya no es más que una sombra, una caricatura de sí misma, un pálido reflejo de la mujer que fue, que el espejo le devuelve sin piedad.

Lo que más la mortifica es el pelo. Ahora lo pierde a puñados. Ya se lo había advertido el oncólogo, siniestro oráculo: empezaría a caérsele a partir de la segunda sesión de quimioterapia. Esta mañana Sarah ha encontrado docenas de pequeñas víctimas sobre la almohada. Es el efecto que más teme. La alopecia es la encarnación de la enfermedad. Una mujer calva es una mujer enferma; da igual que lleve un jersey precioso, tacones altos, un bolso a la última; nadie los verá, lo único que contará será eso, esa cabeza pelada, que es una confesión, una admisión, un sufrimiento. Un hombre rapado puede ser sexy; una mujer calva siempre será una enferma, se dice Sarah.

Así que el cáncer se lo quitará todo: su trabajo, su aspecto físico, su feminidad.

Piensa en su madre, derrotada por la misma enfermedad. Y entonces se dice que podría volver a la cama y acostarse en silencio, reunirse con ella allá abajo, en su morada bajo la tierra, compartir su descanso eterno. Es una idea morbosa, pero reconfortante. A veces la consuela pensar que todo acaba, que hasta el mayor sufrimiento puede cesar mañana.

Cuando piensa en ella, lo primero que le viene a la cabeza es su elegancia. Su madre no salía de casa si no iba maquillada, peinada y con las uñas pintadas, ni siquiera estando enferma. Las uñas eran un detalle importante, solía decir: las manos hay que cuidarlas siempre. Para mucha gente no era nada, una coquetería, una banalidad, pero para ella era una señal, un hábito que significaba: todavía me dedico mi tiempo. Soy una mujer activa, atareada, tengo responsabilidades, tres hijos (un cáncer), las obligaciones diarias me devoran, pero no he renunciado, no he desaparecido, estoy aquí, sigo aquí, femenina y arreglada, entera, fijaos en la punta de mis dedos, estoy aquí.

Sarah está ahí. Delante del espejo, mira sus uñas estropeadas, su pelo ralo.

Y de pronto, en lo más profundo de su ser, siente vibrar algo, como si una parte diminuta de él se negara a dejarse condenar. No, ella no va a desaparecer. Ella no va a renunciar.

Una amazona, eso es lo que es. Una guerrera, una luchadora. Una amazona no se rinde. Pelea hasta el final. No abandona nunca.

Tiene que volver al combate, reanudar la lucha. En nombre de su madre, en nombre de su hija, y de sus hijos, que la necesitan. En nombre de todas las guerras que ha librado. Tiene que continuar. No se tumbará en esa cama, no se entregará a esa muerte dulce que le tiende los brazos. No se dejará enterrar. Hoy no.

Se viste rápidamente. Para ocultar el cabello, coge un gorro del armario, un gorro infantil de superhéroe, olvidado allí dentro. Da igual, la mantendrá caliente.

Tocada de ese modo, sale de casa. Fuera nieva. Se ha puesto un abrigo sobre los tres jerséis que lleva, uno encima de otro. Vestida así parece muy pequeña, una oveja escocesa que casi desaparece bajo el peso de su espesa lana.

Sarah se aleja de casa. Es hoy, lo ha decidido.

Sabe exactamente adónde ir.

Giulia

Los italianos quieren pelo italiano.

La frase ha sonado como un mazazo. En el salón de la casa familiar, Giulia acaba de exponerles a su madre y sus hermanas su proyecto de importar pelo de India para salvar el taller.

Los días precedentes ha trabajado sin descanso en la elaboración de su plan. Ha realizado un estudio de mercado y preparado un dossier para el banco: inevitablemente, habrá que invertir. Ha trabajado día y noche y se ha olvidado hasta de dormir. Pero no importa: se siente investida con una misión casi divina. No sabe de dónde le viene esa confianza, esa energía repentina. ¿Es la presencia bienhechora de Kamal a su lado? ¿Es su padre quien le da fuerzas y fe desde la profundidad del coma? Giulia se siente capaz de mover montañas, desde los Apeninos hasta el Himalaya.

Lo que la motiva no es el afán de lucro, los millones de los que presume el empresario inglés no le interesan, ella no necesita piscina ni helicóptero. Lo único que quiere es salvar el taller de su padre y proteger a su familia.

No funcionará, asegura la *mamma*. Los Lanfredi siempre se han abastecido en Sicilia, donde la *cascatura* es una costumbre ancestral. La tradición no puede alterarse así como así, dice.

La tradición será su ruina, replica Giulia. Los números hablan: el taller tendrá que cerrar como mucho en un mes. Hay que reorganizar la cadena de producción, abrirse al exterior. Aceptar que el mundo cambia y cambiar con él. En la región, las empresas familiares que se niegan a evolucionar cierran una tras otra. Hay que pensar a lo grande, mirar más allá de las fronteras, ¡es una cuestión de supervivencia! Cambiar o morir, no hay otra. Mientras habla, Giulia siente como si le crecieran alas, como si fuera una abogada en la sala de un gran tribunal durante un juicio importante. Es una profesión que siempre la ha fascinado, una profesión reservada a la gente culta, de la buena sociedad. Entre los Lanfredi no hay abogados, sólo trabajadores, pero a ella le habría encantado defender grandes causas, ser una mujer poderosa y distinguida. A veces piensa en ello, y esos pensamientos acaban en el limbo de sus sueños olvidados.

Giulia habla con entusiasmo de la calidad del cabello indio, reconocida por numerosos expertos: si el asiático es el más fuerte y el africano el más frágil, el indio es el mejor, tanto desde el punto de vista de la textura como de la posibilidad de darle color. Una vez despigmentado y teñido, es muy similar al cabello europeo.

Francesca interviene en la conversación. Está de acuerdo con su madre: no funcionará. Los italianos no querrán pelo importado. Giulia no se sorprende. Su hermana pertenece a la raza de los escépticos, de los que ven el mundo en negro y gris, de los que contestan no antes de pensar sí. De los que siempre se fijan en el detalle que molesta en medio del paisaje, en esa mancha minúscula del mantel, de los que examinan la superficie de la vida en busca de una aspereza que rascar, como si se alegraran de esas notas falsas del mundo, como si fueran su razón de ser. Es la imagen invertida de ella, su versión en negativo en el sentido fotográfico de la palabra: su luminancia es inversamente proporcional a la de Giulia.

Si los italianos no lo quieren, responde Giulia, se abrirán a otros mercados, Estados Unidos, Canadá... El mundo es grande, ¡y necesita cabellos! Los postizos, las extensiones, las pelucas son un sector en plena expansión. Hay que subirse a la ola, en vez de dejar que te sepulte.

Francesca no le ahorra sus dudas ni su desconfianza. Su hermana mayor se despacha a gusto. ¿Y cómo piensa arreglárselas, precisamente ella, que no ha salido nunca de Italia, que ni siquiera se ha subido a un avión? ¿Cómo llevará a cabo esa hazaña, ese milagro, si su horizonte se acaba en la bahía de Palermo?

Pero Giulia quiere creer en su sueño. Internet ha acabado con las distancias, ahora el mundo te cabe en las manos, como el globo terráqueo que les regalaron de niñas. India está muy cerca, es un subcontinente a la puerta de casa. Ha estudiado detenidamente los precios, conoce la cotización del cabello, su proyecto no es irrealizable. Sólo pide valentía. Y fe. A ella no le faltan.

Adela no dice nada. Sentada en un rincón, ve enfrentarse a sus hermanas y, como siempre, se muestra equidistante, indiferente a lo que hacen los demás. En una palabra: adolescente.

Hay que cerrar el taller y vender el edificio, opina Francesca. Eso permitirá pagar una parte de la hipoteca de la casa. ¡¿Y de qué viviremos?!, replica Giulia. ¿Cree que encontrar trabajo es fácil? ¿Y ha pensado en sus empleadas? ¿Qué futuro les espera a esas mujeres que han trabajado para ellos durante tantos años?

La discusión degenera en enfrentamiento. La madre sabe que tendrá que atajarlo, separar a sus hijas, cuyas voces resuenan en la casa. Nunca se han entendido, nunca se han escuchado, piensa con amargura. Su relación no es más que una sucesión de conflictos, y éste es el culminante. Tiene que tomar una decisión y zanjar el asunto.

Es cierto que hay que pensar en las trabajadoras, dice, es una cuestión de honor y de respeto. Pero hay algo en lo que Francesca tiene razón: los italianos quieren pelo italiano.

Esa frase echa por tierra el proyecto de Giulia.

Se va de casa descorazonada. Sabía que tendría que luchar por su proyecto, pero no esperaba semejante oposición. Se siente como después de una noche de juerga: aturdida, arrepentida. Sin el beneplácito de su madre y de sus hermanas, no puede hacer nada con el taller. Acaban de pisotear su castillo de naipes. Todo su entusiasmo se ha esfumado y ha dado paso a las dudas y el miedo.

Va a buscar refugio al hospital, a la cabecera de su padre. ¿Qué habría dicho él? ¿Qué habría hecho? Le gustaría tanto acurrucarse entre sus brazos y llorar largo rato, como una niña. Está a punto de perder la fe. Ya no sabe qué hacer, si perseverar en su proyecto o enterrarlo, quemarlo en el altar del sentido común, en nombre de esas tradiciones que agonizan lentamente. Está abatida, agotada, tan cansada tras noches sin pegar ojo que podría dormirse ahí mismo, en esa cama, junto al *papà*. Dormir cien años, como él, eso es lo que le gustaría.

Giulia cierra los ojos.

De pronto, vuelve a verse allí arriba, en la azotea, en el «laboratorio». Su padre está allí, sentado frente al mar, como antaño. No parece sufrir. Está sereno, tranquilo. Le sonríe como si la esperara. Giulia se acerca y se sienta junto a él. Le habla de su angustia, de su pena, de la sensación de impotencia que la consume. Le dice que está muy triste por el taller.

No dejes que nadie te desvíe de tu camino, le responde su padre. Debes mantener la fe. Tienes mucha voluntad. Yo creo en tu fuerza y en tu capacidad. Debes perseverar. La vida te tiene preparadas grandes cosas.

Se oye un pitido. Giulia se despierta sobresaltada. Se ha quedado dormida junto a su padre, sobre su cama del hospital. A su alrededor, los aparatos que lo mantienen con vida han empezado a sonar. Las enfermeras se precipitan hacia la cama.

En ese instante, en ese preciso instante, Giulia nota que la mano de su padre se mueve.

Smita

Templo de Tirupati, Andhra Pradesh, India

Empieza a clarear sobre la montaña de Tirumala.

Smita y Lalita han ocupado su sitio entre los peregrinos que hacen cola a la entrada del templo. Un niño se acerca y les ofrece *laddus*, esas pastas en forma de bola, hechas con leche condensada y frutos secos. Su peso y su composición son inmutables: el mismo dios dictó la receta, afirma el pequeño. Las hacen en el interior del templo, los *achakas*, esos sacerdotes que lo son de padre a hijo, y se las ofrecen a los peregrinos. Comerlas forma parte inexcusable del proceso de purificación. Smita da gracias a Dios por el providencial tentempié. Revitalizada por las horas de sueño y el sabor dulce de los *laddus*, se siente dispuesta a cualquier sacrificio. Todavía no le ha dicho a Lalita lo que las espera en el interior. Los ricos hacen ofrendas de alimentos y flores, joyas, oro o piedras preciosas, pero los pobres sacrifican a Lord Venkateshwara el único bien que poseen: su pelo.

Es una tradición ancestral, milenaria: ofrecer los propios cabellos es renunciar a cualquier forma de ego, aceptar presentarse ante Dios con el aspecto más humilde, al desnudo.

Una vez en el interior del templo, Smita y Lalita se internan por los pasillos delimitados por rejas, donde miles de *dalit* aguardan durante días: la espera es larga, hasta cuarenta y ocho horas, precisa un hombre sentado en el suelo de la entrada. Los que tienen dinero pueden comprar un ticket y pasar antes. Familias enteras duermen allí para no perder el turno. Tras horas en esa jaula improvisada, desembocan al fin en el *kalianakata*, un edificio gigantesco de cuatro pisos, en el que se afanan cientos de barberos. Un auténtico hormiguero, que funciona noche y día. La mayor peluquería del mundo, dicen allí. Raparse cuesta quince rupias, averigua Smita. Está claro que nada es gratis, se dice.

Hasta donde alcanza la vista, en la inmensa sala, hombres, mujeres con bebés en los brazos, niños y ancianos pasan bajo las navajas de los barberos salmodiando una oración a Visnú. Al ver los centenares de cabezas afeitadas en cadena, Lalita se asusta y empieza a llorar. No quiere entregar su pelo, le gusta mucho. A modo de defensa, se aferra a su muñeca, ese pequeño rebujo de trapos que no ha soltado en todo el viaje. Smita se inclina hacia ella y, suavemente, le dice al oído:

No tengas miedo.
Dios está con nosotras.

Volverá a crecerte el pelo y será aún más bonito que ahora.

No te preocupes. Yo pasaré primero.

La dulce voz de su madre la reconforta un poco. Mira a los niños a los que acaban de rapar; se pasan la mano por la cabeza riendo. No parecen pasarlo mal, al contrario, se diría que su nuevo aspecto los regocija. Sus madres, también con el pelo al cero, les aplican aceite de sándalo, un líquido amarillo que supuestamente protege la piel del sol y las infecciones.

Ha llegado su turno. El barbero le indica a Smita que se acerque. Ella obedece y, con devoción, se arrodilla, cierra los ojos y empieza a rezar en voz muy baja. Lo que le murmura a Visnú en medio de la inmensa sala es su secreto. Ese instante sólo le pertenece a ella. Lleva días pensando en él. Piensa en él desde hace años.

El barbero manipula la cuchilla unos instantes, para cambiarla. El director del templo es muy estricto: la orden es una cuchilla por peregrino. En la familia del barbero, el oficio ha pasado de padres a hijos, generación tras generación. Hace los mismos movimientos todos los días; los repite tanto que los hace hasta en sueños. A veces ve océanos de pelo en los que se ahoga. Le dice a Smita que se haga una trenza, para facilitar el corte y la recogida. Luego le rocía el cabello con agua y empieza a cortárselo. Lalita lanza una mirada inquieta a su madre, pero ella le sonríe. Visnú la acompaña. Está ahí, muy cerca.

La bendice.

Smita cierra los ojos mientras los mechones caen a sus pies uno tras otro. A su alrededor hay miles de personas en la misma postura que ella, rezando por una existencia mejor, ofreciendo lo único que les ha dado la vida, el pelo, ese adorno, ese regalo que recibieron del cielo y que ahora le devuelven arrodilladas con las manos juntas en el suelo del *kalianakata*.

Cuando vuelve a abrir los ojos, Smita tiene la cabeza tan lisa como un huevo. Se pone en pie y, de repente, se siente increíblemente ligera. Es una sensación nueva, casi embriagadora. Con un escalofrío, mira su antigua cabellera, que yace a sus pies, un montón de pelo negro como el azabache, como un resto de ella misma, ya sólo un recuerdo. Ahora su cuerpo y su alma son puros. Se siente tranquila. Bendecida. Protegida.

Lalita se acerca a su vez al barbero. Tiembla ligeramente. Smita le coge la mano. Mientras cambia la cuchilla, el barbero lanza una mirada de admiración a la trenza de la pequeña, que le llega a la cintura. Es un cabello magnífico, sedoso, espeso. Con los ojos fijos en los ojos de su hija, Smita murmura con ella la oración que tantas veces han rezado ante el altarcito de su choza de Badlapur. Piensa en su situación; se dice que hoy son pobres, pero puede que un día Lalita tenga coche. La idea la hace sonreír y le da fuerzas. Gracias a la ofrenda que hoy hacen ahí, la vida de su hija será mejor que la suya.

Al salir del *kalianakata*, la luz las deslumbra. Sin pelo, sus caras se asemejan aún más que antes, más que nunca. Así parecen más jóvenes, más esbeltas. Van cogidas de la mano y se sonríen. Han llegado hasta ahí. El milagro se ha realizado. Visnú cumplirá sus promesas, Smita lo sabe. Sus primos las esperan en Chennai. Al día siguiente empieza una nueva vida.

Mientras se aleja en dirección al Templo de Oro con su hija cogida de la mano, Smita no se siente triste. No, en realidad no está triste, porque si de algo no le cabe duda es de que Dios sabrá mostrarse agradecido por su ofrenda.

Giulia

Palermo, Italia

«No sabían que era imposible, así que lo hicieron.»

Giulia recuerda esa frase de Mark Twain, que leyó de niña y le gustó. Piensa en ella ahora, mientras aguarda en la pista del aeropuerto Falcone-Borsellino. Está emocionada, esperando ese avión que llega de la otra punta del mundo y que transporta el primer cargamento de cabello.

El *papà* no se despertó. Murió ese día en el hospital, mientras ella estaba junto a él, después de ese extraño sueño que Giulia recordará toda su vida. En el momento de partir le apretó la mano, como para decirle adiós. Como para decirle: Adelante. Le dio el relevo antes de marcharse. Ella lo sabe. Mientras los médicos trataban de reanimarlo, le prometió que salvaría el taller. Es un secreto entre los dos.

Giulia insistió en que la ceremonia religiosa se celebrara en la iglesia que tanto le gustaba a su padre. Su madre protestó: según ella, era demasiado pequeña para que todo el mundo pudiera sentarse. Pietro tenía tantos amigos, era tan popular, y estaría toda su familia, que había acudido desde cada rincón de Sicilia, además de las trabajadoras... Qué más da, respondió Giulia, quienes lo quieren se quedarán de pie. Su madre acabó cediendo.

Hace tiempo que no reconoce a su hija. Giulia, siempre tan sensata, tan serena, tan dócil, se muestra asombrosamente obstinada. Una determinación nueva se ha apoderado de ella. En su lucha por salvar el taller, se negó a tirar la toalla. Para salir del atascadero, propuso realizar una votación entre las trabajadoras. Es algo que ya se ha hecho antes, aseguró, en otros sitios amenazados. Además, tienen derecho a dar su parecer. A ellas también les afecta. Su madre estuvo de acuerdo. Sus hermanas aceptaron.

Para que las más jóvenes no se dejaran influir por las mayores, se decidió que el voto sería secreto. Se invitó a las trabajadoras a escoger entre una nueva orientación del taller, que implicaba la importación de cabello de India, o su cierre y un despido negociado, con una escasa indemnización. Por supuesto, la primera opción conllevaba riesgos e imponderables que Giulia no les ocultó.

La votación se celebró en la sala principal del taller. Estaba presente la *mamma*, junto con Francesca y Adela. La encargada del recuento fue Giulia. Con manos temblorosas, abrió uno tras otro los papeles introducidos en el sombrero del *papà*, una idea suya, como último homenaje a su padre. «Así es como si hoy estuviera con nosotras», dijo.

Hubo una mayoría clara de siete contra tres. Giulia recordará ese momento durante mucho tiempo. Le costó disimular su alegría.

Por intermediación de Kamal, estableció un contacto en India, un hombre instalado en Chennai, que había estudiado Comercio en la universidad y recorre el país y sus templos en busca de cabello para comprar. Es duro negociando, pero Giulia se muestra muy tenaz en el juego del regateo. «¡Cualquiera diría que lo has hecho toda tu vida, *mia cara*!», exclama la *nonna*, divertida.

Con tan sólo veinte años, se encuentra a la cabeza del taller. Es la empresaria más joven del barrio. Se ha instalado en el despacho de su padre. A menudo contempla su foto en la pared, junto a la de sus antecesores. Aún no se ha atrevido a colgar la de ella. Todo llegará.

Cuando está triste, sube a la azotea, al «laboratorio». Se sienta frente al mar y piensa en su padre, en lo que habría dicho, en lo que habría hecho. Sabe que no está sola. Su *papà* la acompaña.

Hoy Kamal está al lado de Giulia. Ha querido acompañarla al aeropuerto. En los últimos tiempos han compartido algo más que las pausas de la comida. Ha demostrado ser un apoyo sólido para ella, ha escuchado con benevolencia todas sus ideas, se ha mostrado entusiasta, imaginativo, emprendedor. Era su amante. Se ha convertido en su cómplice y su confidente.

El avión aparece al fin. Mirando ese punto que crece lentamente en el cielo, Giulia se dice que el futuro de todos ellos está ahí dentro, en la abombada panza de ese avión de mercancías. Coge la mano de Kamal. En esos instantes tiene la sensación de que ya no son dos seres distintos que vagan al azar por los meandros de la existencia, trazando sus propias trayectorias, sino un hombre y una mujer amarrados el uno al otro. Qué más da lo que digan la *mamma*, su familia y la gente del barrio, piensa Giulia. Hoy se siente mujer al lado de ese hombre que le ha permitido conocerse. No va a soltar esa mano. En los años venideros la apretará muchas veces, en la calle, en el parque, en la maternidad, durmiendo, gozando, llorando, trayendo a sus hijos al mundo. La ha cogido para no soltarla en mucho tiempo.

El avión aterriza y por fin se detiene. Rápidamente, descargan los contenedores y los llevan hacia el centro de clasificación, donde los mozos se afanan.

En el almacén, Giulia firma un recibo confirmando que se hace cargo de la mercancía. El paquete, no mayor que una maleta, está ahí, delante de ella. Temblando, se hace con un cúter para rasgar el envoltorio. Aparecen los primeros cabellos. Con delicadeza, toma un mechón: pelo largo, muy largo, negro como el azabache. Sin duda, pelo de mujer, sedoso y espeso. Justo al lado, otro mechón menos largo, pero tan suave como la seda o el terciopelo: parece pelo de niño. Los compraron hace un mes en el templo de Tirupati, precisó su corresponsal, el lugar de culto más visitado del mundo, contando todas las religiones, por delante de La Meca y del Vaticano (ese detalle la impresionó). Giulia piensa en esos hombres y mujeres a los que no conoce ni nunca conocerá, que van allí a ofrecer sus cabellos. Su ofrenda es un regalo de Dios, se dice. Le gustaría poder abrazarlos para darles las gracias. Nunca sabrán adónde ha ido a parar su pelo, el increíble viaje, la odisea que ha vivido. Pero su recorrido no ha hecho más que empezar. Un día, en algún lugar del mundo, alguien llevará esos mechones, que sus trabajadoras van a desenredar, lavar y tratar. Esa persona no sabrá la lucha que habrá habido que librar. Llevará ese pelo, que quizá la llene de orgullo, como hoy a Giulia. Sonríe al pensarlo.

Con la mano de Kamal en la suya, se dice que su sitio está ahí, que al fin lo ha encontrado. El taller de su padre se ha salvado. Pietro Lanfredi puede descansar en paz. Un día los hijos de Giulia continuarán la tradición. Ella les enseñará el oficio y los llevará por las carreteras que antaño recorría en la Vespa con él.

De vez en cuando el sueño se repite. Giulia ya no tiene nueve años. La Vespa de su padre no volverá, pero ahora sabe que el futuro está hecho de promesas.

Y que, de ahora en adelante, le pertenece.

Sarah

Montreal, Canadá

Sarah camina por las calles cubiertas de nieve. Esos primeros días de febrero hace un frío polar, pero ella bendice el invierno: es su coartada. Gracias a él, su gorro pasa desapercibido en la muchedumbre de viandantes, tocados como ella para combatir el frío. Se cruza con un grupo de escolares cogidos de la mano. Una de las niñas, que lleva el mismo gorro que ella, le lanza una mirada cómplice y divertida.

Sarah sigue su camino. En un bolsillo del abrigo lleva la tarjeta que le dio aquella mujer que conoció en el hospital hace unas semanas. Estaban sentadas en la misma sala, esperando recibir tratamiento, y empezaron a hablar con toda naturalidad, como dos clientas en la terraza de un bar. Estuvieron toda la tarde de charla. La conversación adquirió enseguida un tono íntimo, como si la enfermedad las uniera, como si tendiera un hilo invisible entre ellas. En foros y blogs de internet, Sarah había leído testimonios que, en algunos casos, la habían hecho sentirse como si formara parte de un club, de un grupo de entendidos, de personas que sabían, que habían pasado por «eso». Había antiguos combatientes, *jedis* para los que aquélla no era su primera guerra, y novatos en la enfermedad, *padawans* que, como Sarah, tenían que aprenderlo todo. Esa tarde, la mujer del hospital —sin duda una *jedi* que debía de haber librado más de un combate, aunque mostraba cierto pudor respecto a su enfermedad— mencionó una tienda de «cabelleras suplementarias», que es como las llamaban, atendida por personal competente y discreto. Le dio a Sarah una tarjeta del establecimiento para que la usara «llegado el momento». En la lucha por la curación no hay que descuidar la autoestima, le dijo. «La imagen que le devuelve el espejo debe ser su aliada, no su enemiga», concluyó con tono de experta.

Sarah había guardado la tarjeta y se había olvidado de ella. Había tratado de retrasar el momento, pero la realidad le ha dado alcance.

El «momento» ha llegado. Sarah camina por las calles cubiertas de nieve en dirección a la tienda. Habría podido ir en taxi, pero prefiere andar. Es como una peregrinación, un recorrido que tiene que hacer a pie, una especie de rito de paso. Ir ahí quiere decir mucho. Significa aceptar la enfermedad de una vez por todas. Dejar de rechazarla, dejar de negarla. Mirarla de frente y verla tal como es: no un castigo o una fatalidad, una maldición a la que hay que resignarse, sino un hecho, un suceso en la vida, una prueba que superar.

Conforme se acerca a la tienda, tiene una sensación curiosa. No es un *déjà vu* ni una premonición. No, es algo más profundo, una sensación vaga en su mente y en todo su ser, como si, de algún modo, ya hubiera hecho ese camino. Sin embargo, es la primera vez que visita ese barrio. Sin que pueda explicar por qué, le parece que en ese sitio la espera algo. Que está citada allí desde hace mucho tiempo.

Empuja la puerta del establecimiento. Una mujer elegante la recibe con amabilidad y la acompaña por un pasillo hasta una salita en la que no hay más que un sillón y un espejo. Sarah se quita el abrigo y deja el bolso. Tarda unos instantes en quitarse el gorro. La mujer la observa sin decir nada.

Voy a mostrarle nuestros modelos. ¿Tiene alguna idea concreta de lo que busca?

El tono de voz no es obsequioso ni apenado. Es natural, sin florituras. Al instante, Sarah se siente cómoda. Está claro que la mujer sabe de qué habla. Debe de haber conocido a docenas, a cientos de mujeres en su situación. Debe de verlas a diario. No obstante, en esos momentos Sarah tiene la sensación de ser única, o al menos de que la tratan como tal. No dramatizar ni tampoco banalizar es todo un arte, que la mujer practica con delicadeza.

Ante su pregunta, Sarah se siente desconcertada. No lo sabe. No lo ha pensado. Querría... algo vivo, natural. Que le pegue, vaya. Qué tontería, se dice, ¿cómo

197

pueden pegarle, irle a su cara y su personalidad, unos cabellos ajenos?

La mujer se marcha y, al cabo de unos instantes, vuelve a aparecer con unas cajas que parecen sombrereros. Saca de la primera una peluca caoba. Sintética, precisa, fabricada en Japón. La coloca boca abajo y la agita enérgicamente: en las cajas suelen coger mala forma, le explica, y hay que volver a darles un aspecto natural. Sarah se la prueba sin mucho convencimiento. Con esa bola de pelo en la cabeza no se reconoce, bajo esa frondosa pelambrera no es ella, parece disfrazada. Una buena relación calidad-precio, comenta la mujer, pero no es nuestro mejor producto. Abre otra caja y saca la segunda peluca, también artificial, pero de gran calidad: clasificada «Gran Confort». Sarah no sabe qué decir, se queda pensativa ante la imagen que le devuelve el espejo, que desde luego no es la suya. La peluca no está mal, no se le puede poner ninguna pega, salvo que se nota que es una peluca. No, de ninguna manera, para eso, mejor un pañuelo o un gorro. Entonces, la mujer coge la tercera caja. Contiene un último modelo, confeccionado con cabello natural, subraya. Un producto poco habitual y caro, pero algunas mujeres están dispuestas a hacer ese desembolso. Sarah mira la peluca, sorprendida. Los cabellos, largos, sedosos, increíblemente suaves y tupidos, son del mismo color que los suyos. Pelo indio, le aclara la mujer. Lo han tratado, decolorado y teñido en Italia, en Sicilia, para ser exactos, y después fijado cabello a cabello en una base de tul en un pequeño taller. Se ha empleado la técnica de la trenza, más lenta, pero más fiable que la implantación con gancho. Ochenta horas de trabajo para ciento cincuenta mil cabellos aproximadamente. Un producto único. «Un trabajo fino», como se dice en la profesión, añade con orgullo la mujer.

Ayuda a Sarah a colocarse bien la peluca: siempre de delante atrás. Al principio cuesta, pero enseguida se acostumbra uno, asegura; con el tiempo ni siquiera necesitará un espejo. Por supuesto, puede hacer que la moldeen a su gusto en una peluquería. El cuidado es muy sencillo: agua y champú, como para el propio pelo. Sarah levanta la cabeza y mira el espejo. Ante ella hay una mujer nueva, que se le parece y al mismo tiempo es otra. Es una sensación extraña. Pero reconoce sus facciones, su tez pálida, sus ojeras. Es ella, sí, es ella. Toca los mechones, los arregla, los ahueca, los esculpe en un intento, no de adueñarse de ellos, sino de amansarlos. El pelo no opone resistencia; generosa, dócilmente, se deja domar. Poco a poco se acomoda al óvalo de su cara, se amolda. Sarah lo alisa, lo acaricia, lo peina y lo encuentra tan cómplice que casi le está agradecida. Poco a poco, los cabellos ajenos se convierten en suyos, se adaptan a sus facciones, a su rostro, a su silueta.

Sarah contempla su imagen. De pronto, tiene la sensación de que la cabellera le ha devuelto lo que había perdido. La fuerza, la dignidad, la voluntad, todo lo que hace que Sarah sea Sarah, fuerte, orgullosa. Y hermosa. De pronto siente que está lista. Se vuelve hacia la mujer y le pide que le afeite la cabeza. Quiere hacerlo. Allí, ahora. Llevará la peluca a partir de ese mismo momento. No le da vergüenza volver así a casa. Además, se la ajustará mejor sin pelo debajo, será más fácil. De todas formas, tarde o temprano tendría que hacerlo, mejor que sea ahí, ya que en ese instante se siente con ánimo.

La mujer acepta. Provista de una navaja de afeitar, realiza la tarea con mano suave y experta.

Cuando Sarah vuelve a abrir los ojos, la sorpresa la deja muda. Recién afeitada, su cabeza se le antoja más pequeña. Se parece a su hija cuando tenía un año, antes de que le creciera el pelo. Un bebé, eso es lo que parece. Trata de imaginar la reacción de sus hijos. Los sorprendería verla así. Puede que un día se lo enseñe. Más adelante.

O no.

Se coloca la peluca sobre el cráneo liso tal como le ha enseñado la mujer y se arregla el pelo que ahora es el suyo. Ante la imagen que le devuelve el espejo, tiene una certeza: vivirá. Verá crecer a sus hijos. Los verá convertirse en adolescentes, adultos, padres. Lo que sobre todo desea es saber cuáles serán sus gustos, sus aptitudes, sus amores, sus talentos. Acompañarlos por el camino de la vida, ser esa madre indulgente, cariñosa y atenta que camina a su lado.

Saldrá victoriosa de este combate, puede que ensangrentada, pero por su propio pie. No importa cuántos meses, cuántos años, cuánto tiempo haga falta; a partir de ese momento dedicará toda su energía, cada minuto, cada segundo, a luchar con uñas y dientes contra la enfermedad.

Nunca volverá a ser Sarah Cohen, la mujer poderosa y segura de sí misma que muchos admiraban. Nunca más será invencible, nunca más será una superheroína. Será ella, Sarah, una mujer golpeada, maltratada por la vida, pero estará ahí, con sus cicatrices, sus debilidades y sus heridas. Ya no intentará ocultarlas. Su vida anterior era una mentira; ésta será la verdadera.

Cuando la enfermedad le dé un respiro, abrirá su propio bufete con los pocos clientes que aún creen en ella y sin duda querrán seguirla. Demandará a Johnson & Lockwood. Es una buena abogada, una de las mejores de la ciudad. Hará pública la discriminación que ha padecido, en nombre de los miles de hombres y mujeres a los que el mundo del trabajo ha condenado con demasiada rapidez y que sufren, como ella, un castigo doble. Se batirá por ellos. Es lo que mejor sabe hacer. Ésa será su lucha.

Aprenderá a vivir de otra manera, disfrutará de sus hijos, se tomará días libres para las celebraciones escolares y los espectáculos de fin de año. No volverá a perderse uno solo de sus cumpleaños. En verano los llevará de vacaciones a Florida; en invierno, a esquiar. Nadie volverá a quitarle eso, esos momentos con ellos, que también son su vida. No volverá a haber muro, no volverá a haber mentira nunca más. No volverá a ser una mujer partida en dos nunca más.

Mientras tanto, debe luchar contra la mandarina con las armas que la naturaleza ha querido darle: su valentía, su fuerza, su determinación y también su inteligencia. Su familia, sus hijos, sus amigos. Y por supuesto los médicos, las enfermeras, los oncólogos, los radiólogos, los farmacéuticos, que luchan a diario por ella, con ella. De pronto se siente como si estuviera al comienzo de una epopeya faraónica, como si a su alrededor se hubiera desplegado una energía formidable. Siente que la atraviesa una corriente cálida, una efervescencia nueva, una mariposa desconocida que aletea con suavidad en su estómago.

Fuera están el mundo, la vida y sus hijos. Hoy irá a buscarlos al colegio. Se imagina su sorpresa: no lo ha hecho nunca, o muy poco. Seguro que Hannah se emociona. Los gemelos correrán hacia ella. Harán comentarios sobre su peinado, sobre su nuevo corte. Y entonces Sarah se lo explicará. Les hablará de la mandarina, del trabajo, de la guerra en la que van a tener que luchar juntos.

Mientras se aleja del establecimiento, Sarah piensa en la mujer de la otra punta del mundo, India, que dio sus cabellos, en las trabajadoras sicilianas que los seleccionaron y trataron pacientemente. En la que los unió. Y se dice que el universo trabaja al unísono por su curación. Piensa en la frase del Talmud: «Quien salva una vida salva el mundo entero.» Hoy el mundo entero la salva a ella, y le gustaría darle las gracias.

Sarah se dice que está ahí. Sí, hoy está realmente ahí.

Y seguirá estándolo mucho tiempo.

Y sonríe al pensarlo.

Epílogo

Mi trabajo ha acabado:
ahí está la peluca, ante mí.
La sensación que me invade es única,
y la vivo sin testigos,
es toda para mí:
el placer de la tarea completada,
la alegría por el trabajo bien hecho.
Y sonrío con tanto orgullo como una niña ante
*   su dibujo.*

Pienso en esos cabellos,
en el lugar del que provienen,
en el camino que han recorrido
y el que aún han de hacer.
Será un camino largo,
lo sé: irán a sitios
en los que nunca estaré.
Pero me llevan consigo
sin que salga del taller.

Dedico mi trabajo a esas mujeres
unidas por sus cabellos
como en una inmensa red de almas.
Las que aman, paren, confían,
caen mil veces, se levantan
y no se dan por vencidas.
Conozco bien sus batallas,
sus lágrimas y alegrías,
porque cada una de ellas lleva un poco de mí.

Yo sólo soy un eslabón,
un puente insignificante
que conecta sus vidas,
el delicado hilo que las enlaza,
delgado como un cabello,
invisible al mundo y a las miradas.

Mañana volveré al trabajo.
Otras historias me aguardan.
Me esperan otras vidas,
otras páginas.

Agradecimientos

A Juliette Joste, por su entusiasmo y su confianza.

A mi marido, Oudy, por su apoyo constante.

A mi madre, mi primera lectora desde que era niña.

A Sarah Kaminsky, que me acompañó en cada fase de este libro.

A Hugo Boris, por su ayuda más que inestimable.

A Françoise, del taller Capilaria de París, por abrirme sus puertas y explicarme su trabajo.

A Nicole Gex y Bertrand Chalais, por sus sabios consejos.

A los documentalistas de la Inathèque, que me ayudaron en mis investigaciones.

Y, por último, a mis maestros y profesores de francés, que me inculcaron el placer de la escritura cuando era niña.